ハヤカワepi文庫
〈epi 101〉

ウエスト・サイド・ストーリー
〔新訳版〕

アーヴィング・シュルマン
北田絵里子訳

epi

早川書房

8743

WEST SIDE STORY

by

Irving Shulman

Translated by
Eriko Kitada
Published 2021 in Japan by
HAYAKAWA PUBLISHING, INC.
This book is published in Japan by
arrangement with
the original publisher, GALLERY BOOKS,
a division of SIMON & SCHUSTER, INC,
through JAPAN UNI AGENCY, INC., TOKYO.

目次

ウエスト・サイド・ストーリー〔新訳版〕

登場人物

トニー・ウィチェック…………白人非行少年グループ"ジェッツ"の前リーダー
リフ・ロートン……………………ジェッツの現リーダー

アクション
ディーゼル
A‐ラブ
ビッグ・ディール
スノーボーイ
マウスピース
ジーター
アイス
……………ジェッツのメンバー

ベイビー・ジョン………………ジェッツの最年少メンバー
エニボディズ……………………ジェッツに加わりたがっている男勝りの少女
グラズィエラ……………………リフの恋人
ポーリーン………………………ジーターの恋人

ベルナルド(ナルド)・ヌニェス……プエルトリコ系非行少年グループ"シャークス"のリーダー
マリア・ヌニェス………………ベルナルドの妹
アニタ・パラシオ………………ベルナルドの恋人
チノ・マルティン………………シャークスのメンバー、マリアの婚約者

ペペ
ニブルズ
……………………シャークスのメンバー

コンスエロ………………………ペペの恋人
ロザリア…………………………シャークスのメンバーの恋人

シュランク………………………刑事
クラプキ…………………………巡査
ドク………………………………ドラッグストアの店主
マレー・ベノウィッツ…………社会事業指導員
セニョーラ・マンタニオス……ブライダル・ショップの店主

『ウエスト・サイド・ストーリー』は、ブロードウェイの劇場で初上演されてまもなく、二十世紀最高の創造性を有するミュージカル作品のひとつと認められた。映画化作品も同様に目覚ましい成功を収めている。

現代を舞台とするこの古典的物語は、アメリカ演劇界に大きく貢献した作品として、いまも不動の地位にある。

第1章

リフ・ロートンは、先週酔っ払いから巻きあげた腕時計に目をやった——午後九時——まだ夜更けにはほど遠く、うめき声が出る。夏時間がはじまってからというもの、もっと遅く、ほんとうに暗くなってからしか行動を起こせなくなっていた。だがリフは動きだしたくて、ジェッツの面々を早く行動に移らせたくてうずうずしていて、昼間からずっと落ち着かなかった。

ベイビー・ジョンみたいな下っ端たちはぶらぶらして命令を待っていればいいが、リフはトニーがジェッツを仕切っていたころと変わらず、メンバーに毎晩それなりの仕事を与えつづけなくてはならないのだ。

できることもなくはない。セントラル・パークへ乗りこんで、ジェッツにはまだ手首が寂しいのが二、三人いるから、また酔っ払いの腕時計を巻きあげてもいい。あるいは茂みに忍び寄って、デート相手としけこんだ野郎がその女と行為に及べるかどうか見物するのもいい。なんならひとりずつばらけて、大げさな腰つきで園内をのし歩き、薄汚いホモを見つけたやつが、そいつをぶちのめして財布と腕時計をいただくのもいい。

いや、どれもだめだ、とリフは自分で却下した。暗くなるとセントラル・パークは、職務質問する前にいきなり警棒を振るう警官だらけになる。あそこでご婦人ともつれ合ってる野郎はみんな、おそらく無理強いしているから、ただの見物人までとばっちりを食らいかねないし、ホモのなかには港湾労働者や、トラック運転手や、柔道の達人や、見た目がレスラーみたいな野郎もいるから、そんなのと下手に渡り合ったら頭をかち割られかねない。見た目がなよなよしたやつにも、油断はできない——ホモの見まわりをまかされた私服警官ってこともある。だからセントラル・パークは問題外だ。

もちろん女たちと過ごしてもいいが、ジェッツは荒っぽい行動に飢えているし、いま女たちを呼び出したら、夜じゅう身動きがとれなくなる。いつもの調子でグラズィエラに食らいつかれたら、リフは朝を待たずに干からびた老人にされてしまうだろう。

実に頭がよくて、いかした娘なのに、グラズィエラは結婚についてひどくばかげた考えに取り憑かれ、自分たちの歳ごろの男女が毎年どれだけ結婚しているか、ますます頻繁にわめき立てるようになっている。そのやかましいことと言ったら！　結婚許可証をとった連中の氏名と年齢が一覧になった新聞の紙面まで見せられたが、そいつらの大半は十八そこそこだった。

冗談じゃない、とリフは心のなかで言った。ジェッツのほかのやつらも同じだろうが、女たちとは結婚なんかしないで気ままに遊んでいられたらそれでいいのだ。

「さあ、どんな行動(アクション)をとるのか、このアクションに教えろよ」補佐役のアクションが肘でつついてきた。「今夜は何をやってこのきれいな街の名を汚(けが)すんだ？」

リフは二十二歳と年齢の記されたＩＤカードで歯をせせった。背丈は中くらい、顔も顎も角張っていて、髪は喧嘩のときにつかまれないよう短く刈ってあり、大きくて理知的な目はちょうどいい離れ具合で、その下の鼻はすでに二度折られている。

リフもほかのメンバーも、ジェッツの暖かい季節の制服とも言うべき格好をしていた――隆々たる筋肉を誇示するぴっちりしたＴシャツに、チノパンかジーンズ、足もとは黒のショートブーツだ。決断を待っているメンバーたちは、電柱に寄りかかったリフのまわりに集まって、期待に目を輝かせ、冷酷ぶって唇を引き結び、鉤爪(かぎつめ)よろしく指に力をこめて、電線から飛び立ちたくて仕方ないかのように、落ち着きなく身じろぎしていた。

リフは夜な夜なそうしてきたように、ひょっとしてトニーがやってこないかと、メンバーたちの頭越しに通りを見やった。なぜトニーがあんなふうに自分たちから離れていったのか、リフにはいまだに理解できないし、母親の身が心配だからというトニーの話も疑いはじめていた。自分の母親も、アクションやA‐ラブやディーゼルやジーターの母親もみんな毎日のように脅されているが、まだだれの葬式も出していない。

「もうあのポーランド野郎を当てにすんなよ」アクションが言っている。「トニーはもうおれたちとつるみたくないんだ」

「なんでおまえじゃだめなのかわかるか？」リフはアクションに訊いた。

アクションは一歩後ろへさがり、両手を組み合わせて関節を鳴らした。「さあな、言ってみろよ」

「おまえと組んでても、おれひとりしかいないのと変わらないんだよ」

ベイビー・ジョンが野次った。「ねえ、大丈夫だよ、リフ。新入りのだれかがきっと役に立ってくれるさ」ひょいと頭をさげてアクションの拳をかわし、縁石のほうへ飛びすさる。「はいはい、アクション。笑ってごめんよ」

「今度笑ってみろ、謝る隙も与えねえからな」アクションはベイビー・ジョンに釘を刺し、ほかのメンバーたちにもにらみを利かせた。

口にこそ出さないが、アクションはベイビー・ジョンを仲間に入れる必要があったとはどうしても思えなかった。あのガキに肩入れして、トニーはこう言った——メンバーのおおかたは十三か十四のときジェッツにくっついてまわりだしたんだし、その歳であえて夜の通りに出てくるやつには、仲間になる覚悟ができてるんだ、と。それにしたって、ガキならほかにいくらでもいるだろう、とアクションは思った。だいたい、激しい乱闘にでもなったときは、下っ端だろうがタイヤレバーを振りまわして応戦してもらわなきゃならないのにベイビー・ジョンとは、なんてあだ名だ。

　このところアクションは、ジェッツのリーダーの座をかけてリフに決闘を挑もうかと、暇さえあれば考えていた。ただ、もしそれを実行して勝ったとしたら、みずからジェッツに指示を出して、うまく統率しなくてはならない。いまの立場なら、リフのやることなすことにけちをつけて、リーダーの座にあぐらをかかせないようにさえしていればいい。

　リフがリーダー役をしっかり務めていればこそ、ジェッツの結束はがっちり保たれ、ほかの街区（ブロック）の白人ストリート・ギャングがどこも手を出してこないのだ。黒人のグループでさえ、この近辺には寄りつかないようにしていた。唯一の例外はプエルトリコ人だ。ここらで見かけるその数は日ごとに増えていて、役立たずの警官も市長もだれもかれも手をこまねいているばかりだが、ジェッツはちがう。

　なおも拳をこすりながらアクションは思った。そのうち、市長はおれたちに勲章を配ってまわるだろう。盛大な授与式で、大勢が演説をぶち、酒と女が大盤振る舞いされる。で、おれたちは最後に勲章をもらうとき、こんなものどうすんだよと言ってごますり野郎どもをぎょっとさせてやるんだ！

「けどよお」逆立ちの姿勢からひょいと起きあがって、ディーゼルが言った。「こんな退屈な夜、いままでにあったっけな」頭上の星を見あげ、それから街灯に目を移す。「なんにも閃（ひらめ）かねえ。どっかで横になって寝ちまうほど疲れてもいねえし。夜どおし映画観るやついるか？」

「そこまでだ」リフが言った。「ちょっと歩いて様子を見るぞ。そこの……おまえら――」マウスピースとタイガーを指さす。「目障りなもんが転がってないか、よく見張ってろよ」

　肩をそびやかし、ミリタリーベルトのごついバックルの裏に両親指を引っかけ、もったいぶった足運びで、リフは遠くの一点に目を据えて歩きだした。だれかに出くわしてもよけるのは向こうだ、ここはジェッツの縄張りなのだから。

　リフの後ろから、ジェッツの面々が二人か三人で固まって続いた。ベイビー・ジョンはおそるおそるリフのそばを歩き、おそるおそるリフの真似をした。だれにも、特にリフには、同じようにベルトのバックルの裏に親指を引っかけているのに気づかれないよう願いながら。いまやアクションも、A－ラブも、ビッグ・ディールも、スノーボーイも、ジーターもそうやって歩いていた。それは無言でこう告げるためだった——ジェッツのお通りだ、文句のあるやつは出てきやがれ、いますぐ、どこででも受けて立つぞ。

外見や、態度や、気構えでは、ニューヨークの街をうろつく数多のストリート・ギャングとそう変わらないジェッツだったが、彼らの何より恐るべき一面は、憎悪を向ける決まった対象を持たないことだった。目つきや、言葉や、行動——ときには思考までも——を理由に、彼らは行く手に現れるあらゆる人間とあらゆる物を憎んだ。当てもなく街をさまよい、破壊に熱中した。人であれ物であれすべてが彼らの敵である以上、何ひとつ安全なものはなかった。そうしてジェッツは、見境のない愚かな獣の凶暴さで、出くわすどんなものにも襲いかかった。

彼らの餌食や標的になるのは、きのうまで愛想よく接していた大人だったり、ついさっきまで冗談を言い合っていた少年や少女だったり、いつもツケで買い物させてくれる店主だったり、まだ窓が割られていない空きビルだったりした。人にも施設にもまともに価値を認めないストリート・ギャングは、闇雲な破壊に明け暮れ、ほかに始末するものが見つからないときには、互いに牙を剝き合った。

そうして街は、幾千の通りと幾万の家と屋上と地下室と路地からなる戦場と化した。安全ではなくなった街で、人々は怯えながら暮らしていた。

そこへ現れたのがプエルトリコからの移民だった。ストリート・ギャングは新たな目的と標的を見出し、街はだれにとってもずっと安全になった――当のプエルトリコ人を別にして。彼らは招かれもせずにやってきたのだから、どんな災厄が降りかかろうと、それは自業自得なのだった。

もしプエルトリコ人が街から逃げ出すなり追い出されるなりしたらどうなるのだろう、と考える人もいたが、取り越し苦労はしないにかぎる。現状、ストリート・ギャングはプエルトリコ人に戦いを挑んでいて、プエルトリコ人も応戦する構えだ。うまくいけば、互いに滅ぼし合う結果になるかもしれない。そんな明るい未来を望みつつ、街は変わらぬ営みを続け――そして眠る。

暖かい夜だったから、安アパートの窓辺や正面階段にいる住民たちが、練り歩くジェッツを目にした。彼らの行動を大っぴらに認めている連中だけが、少年たちに声をかけた。それ以外の者たちは目をそらしたり、新聞やハンカチの後ろに隠れたりした。ジェッツは面倒そのものだからだ。この密集したブロックには、空気や、光や、希望以上に面倒が満ちていた。このうえまだ面倒を求めてどうする？

別の通りには別のストリート・ギャングがいた。朝は眠りこけていて、昼過ぎにもそもそと起き出し、野良猫よろしく夜に生気を取りもどす彼らは、ごみごみして荒廃しつつあるマンハッタンのウエスト・サイドの地下室や、路地や、屋上や、通りを忍び歩いていた。

引っ越す当ても、行く当てもなかった。第二次世界大戦の動乱期から二十年近く経つが、庶民が買える住宅はまだ貴重だったし、白人がアパートを出るとなれば、漏れなく大家は喜んだ。その空き室は家賃をあげてもたちまち埋まるからだ。

おまけに、もともと三部屋のアパートを五部屋か六部屋に、それどころか八部屋に区切っても、一室残らずプエルトリコ人の店子で埋まるので、がっぽり家賃をせしめた大家は、一年の大半をフロリダかカリフォルニアで過ごすことができた。そうすれば物件も店子も見なくてすむうえに、廊下や壁や屋根の補修もいっさいしなくていい。建物が崩れ落ちようが、跡地を駐車場にすればいいだけのことだ。

そんな状態だから、ジェッツをよく思わない人たちでさえ、この界隈の白人に残されたわずかな権利を、少年たちがなんとか守ろうとしていることは認めざるをえないのだった。やり方に問題があるとしても、とにかく行動を起こしてはいるわけで、街なかで公約をまくし立てているだけの政治家よりはましだと言えた。

政治家はウエスト・サイドには住まない。せまい部屋や乏しい空気を奪い合う必要もないし、街の安全が失われ、住民がひしめき合い、沈滞ムードが漂っていようと、暗くなると危なくて歩けない通りが日に日に増えていようと、連中はわれ関せずだ。並び立つ安アパートの住人のなかで、プエルトリコからの移民を歓迎するかどうか訊かれた者はひとりもない。その決定に反対する声はあがらなかったが、だからと言って、不満に思っていなかったわけではない。ウエスト・サイド住民の代弁をした新聞は一紙もなかった——怒声をあげ拳を振るったのはジェッツのような少年たちだけだった。それを忘れてはいけない。

歯を鳴らし、踵（かかと）を強く打ちおろし、口の端に不敵な笑みを浮かべながら、ジェッツはゆっくりと道路を横断し、行き交う車をやむなく急停止させた。考えなしの運転手が窓から身を乗り出し、さっさと渡れと怒鳴りつけるや、リフは目をぎらつかせて立ち止まり、アクションとディーゼルを後ろに従えてその車に歩み寄った。車の男は大慌てでウインドウを巻きあげ、ドアをロックした。猫に襲われて怯える鉢のなかの金魚みたいに、運転席の男と助手席の女はもじもじするしかなく、少年たちは慣れた呼吸で、フロントガラスとサイドガラスにたっぷり唾を吐きかけてから、脇へどいた。即座に発進した車のリアバンパーを蹴りつけ、みんなで大笑いした。また一台、このブロックを走る車のケツを蹴ってやったのだ。

満足げに歩道へ戻ったアクションが、中年のプエルトリコ人の男女を指さした。同郷の店主が営む小さな食料雑貨店から出てきたところだった。少年たちに気づいた二人は、ためらいながら、どうしたものかと視線を交わし、店のほうへ引き返した。が、そう簡単に逃げおおせはしなかった。リフの合図で、奇襲隊員（コマンド）を自負するスノーボーイがくだんの店のドアをあけ、混んだ店内に小ぶりの悪臭弾を投げこんだ。

「ひでえ店だ」仲間に追いついたスノーボーイがベイビー・ジョンに言った。「あいつらブタみたいな暮らしをしてるから、ブタみたいなにおいのものを平気で食うんだな」

ベイビー・ジョンはわけ知り顔でうなずきながら、いつか使おうとその台詞を頭に入れた。さっきは、車と一緒に道路も買ったつもりでいる偉そうな運転手のあしらい方をリフとアクションから教わったし、今度はスノーボーイがプエルトリコ人を追いつめてくれた。あのやり方は強烈だったし、家に帰ったあの夫婦から話を聞いて、息子たちがジェッツを探しにくるなら、それも望むところだった。ジェッツの縄張りに足を踏み入れたプエルトリコ人はだれであろうと、こっぴどくやられることになる。

闘志満々、いつでも来いと意気ごみながら、ジェッツはさらに縄張りを歩きまわった。

これでもう二晩、何事も起こらないまま見まわりをしていた。リフの見るところ、メンバーたちは苛立ちをこっちにぶつけてくる寸前だったし、アクションはまさにそれを望んでいた。次から次へと役目を与えて、下のメンバーが退屈しないよう気を配るのもリーダーの務めで、それができない者にリーダーの資格はないのだ。

リフがジェッツをゆだねてもいいと思える人間はひとりしかいなかった。それでまたトニーのことを思い出したが、腹が立つばかりだった。たぶんあれがまずかったんだ、とリフは思った――トニーの右腕としての仕事にかかりきりだったせいで、下のやつらの仕事にまで気をまわす余裕がなかったのだ。

と、そのとき、マウスピースが叫ぶ声がした――プエルトリコ人が三人、通りの向こう、九時の方角にいるぞ。すばやく向きを変え、リフとメンバーたちは標的めがけて突っ走った。しかし、シャークスとわかる黄色い縁飾りのある青いジャケット姿のプエルトリコ人たちは、ビルの入口に駆けこんだ。もう追いかけても無駄だ。リフは悪態をついた。

だがシャークスのメンバーが三人、この界隈にいたのなら、ほかにもまだいるかもしれない。今夜あの鮫(シャーク)の群れから大物を釣りあげてやる、とアクションが宣言すると、ジェッツはこぞってそれに賛同し、いっそう気を入れて敵を探しはじめた。角を曲がり、より広い範囲を探るべく二手に分かれようとしかけたが、そこでリフが片手をあげ、いちばん厄介な相手――警官――がいることを無言で知らせた。この手の状況には慣れっこだったので、みんな駆け足をやめて歩きだし、パトロールカーが少し先で止まるのを待ち受けた。

ジェッツが怪しく見えないのを――ただ漫然とぶらついているふうなのを――たしかめると、リフは先に立ってパトロールカーに近づいた。マウスピースはすでに走り去っていた。ナイフを数丁、メリケンサックを二つ持ち歩いていて、ポケットのひとつには自転車のチェーンを二本詰めこんでいるからだ。その姿が首尾よくアパートの地下に消えるのを見て、リフはひそかにほくそ笑んだ。裏庭を抜けていき、非常階段をのぼりおりして、マウスピースはジェッツが武器庫にしている秘密の地下室にたどり着くだろう。

警官たちに武器係のあとを追わせまいと、リフは慣れた動きでパトロールカーのドアに手を置き、あかないように押さえながら、身をかがめて車内の私服警官と制服警官に挨拶した。

「やあどうも、シュランク刑事じゃないですか」いつも落ち着き払っているシュランクが、いまは苛ついた面持ちでドアをあけようとしている。「それにクラプキ巡査も」運転席のクラプキも、反対側からアクションとビッグ・ディールにドアを封じられている。「またなんでここへ？」

「いま走ってったのはだれだ」シュランクが訊いた。「それに、ドアから手を離さんと指をへし折るぞ」

リフは身を退きながら、警官たちを出してやれとアクションに目で合図した。「ご挨拶だなあ、治安の守り手に精いっぱい敬意を払おうとしてる青少年に向かって」と不服を唱える。

歩道におり立ったシュランクは、仲間からひとり離れていった少年を追いかけようかと、歩を進めかけた。が、いまからでは見つかりそうにないので、歯を見せて無理に笑った。上背のある、筋骨たくましい体をしていて、その大きな手で管轄内の不良のリーダーたちを痛めつけてきたシュランクは、踵から踵へ体重を移しながら、ガムの包み紙を剝がし、一枚口に放りこんだ。「慌てて逃げてったのはどいつだ」

リフは大げさな身ぶりで頭数を数えた。「このとおり、みんな揃ってますよ。さて、何が幸いしてここでお目にかかれたのか聞かせてもらえたら、歓迎の歌を張りきって二コーラス歌ってさしあげますよ」

「好きこのんでおまえらの相手などするか」シュランクは言った。勤続三十年、経験を積むほどに顔つきは非情になり、あきらめの境地にも至ったけれど、そのおかげでここまで警官を続けてこられた。どんな人間も性根は腐っているというのがシュランクの考えだが、厄介者をのさばらせてはおけないから、力ずくで屈服させなくてはならない。

「あとひとりでもいなくなったら、とっ捕まえて懲らしめてやる」シュランクは言った。「偉そうな面するな、A-ラブ」

「そう言われても、もともとこういう顔なんで」Ａ‐ラブは言い返した。「どうやったら変えられるのかご存じなら……」

「わかった」クラプキが横槍を入れた。「おれとどっかの裏庭へ行こうじゃないか。どんな殴られ方をしたって、その面はいまよりましになるぞ」

シュランクが手をあげてクラプキを黙らせた。「この先の食料雑貨店（ボデガ）に悪臭弾を投げこんだのはどいつだ」

「ボデガ？」ベイビー・ジョンが訊いた。「やだなあ刑事さん、それ汚い言葉じゃないの？　こっちはうぶな少年なのに」

「とっととおうちへ帰るんだな、坊や」シュランクはベイビー・ジョンに言い含めた。「こんな半端者どもとかかわり合っててどうする、ばか者が」

スノーボーイが保護者気取りでベイビー・ジョンに腕をまわした。手持ちの悪臭弾はさっきの店で使いきっていたから、堂々としていられた。「おれたちがいるから、こいつは面倒に巻きこまれたりしないよ、刑事さん」と言ってベイビー・ジョンの頭をぽんぽん叩き、当人は純真ぶって目をぱちくりさせた。「悪いやつらを寄せつけないようにしてやってんだ」

「すると、食料雑貨店の件は何も知らないわけか？」シュランクはいまのからかいを無視して、本題に戻った。

リフは首を横に振り、右手をあげて宣誓の構えをした。「何分か前にシャークスのやつらを二、三人見ましたよ」と吹きこむ。「あそこのぐうたら店主がやつらに用心棒代を払おうとしないとか、そういういざこざじゃないのかな。もしおれたちを補佐役に迎えて武器も支給したいっていうことなら――」クラプキのホルスターに収まった拳銃のごつい握りを、物欲しそうに見やる。「喜んで無償奉仕しますよ」

「ふざけるな」シュランクは言った。「シャークスのしわざじゃない。プエルトリコ人じゃなかったと店主が言ってる」

ビッグ・ディールが残念そうに首を振りながら、両手のひらを見せた。「プエルトリコ人じゃなく、もちろんおれたちでもないとなると、えらく嘆かわしい結論になるぞ。その狼藉(ろうぜき)を働いたのは警官だってこった」

「たぶん二人組だな」スノーボーイが言った。「警察官の誓いを破った不届き者どもだ」

「そうとも」ビッグ・ディールが同調した。「ひとりがドアをあけ、もうひとりが爆弾を投げこむ。おお、こわ」と言って舌打ちする。「世も末だよな」

「おれを怒らせるなよ」シュランクはビッグ・ディールに言った。「どいつがやった？逃げてったやつはだれだ。さあ言え」語気を強める。「密告者になるのと素直に捜査協力するのとじゃ扱いがちがうんだ。おまえらちんぴらどもには、それがわからんのか？」

「わかってますよ、おれたちは」リフはシュランクからクラプキへと視線を移した。「お二人から教わったんでね」

「いや実を申しますと、この知識を授けてくださったお二人にふさわしい返礼の品を買おうと、われわれ、なけなしの金を貯めているところでございまして」スノーボーイが仰々しい口調で言い、ベイビー・ジョンが腹を抱えて笑った。「そういう知識があってこそわれわれはよりよい市民になれるわけで、それがなきゃ無知無学のまま暮らしていくことになる。そんな状態でどうして市民の義務をまともに果たすことができましょう？」

控え目に手をあげて拍手喝采を制したあと、スノーボーイは一礼して、クラプキの警棒が届かない位置まで後退した。

「言っておくぞ、リフ」シュランクが言った。「手下のクズどもにもだ」すばやい動きで右手をリフの肩にかけ、容赦ない強さでつかんだ。「聞いて驚くかもしれんが」リフをひるませてやろうと、つかんだ手に力をこめる。「通りはおまえら不良のものじゃないんだ」

「おれたちのだなんて言った覚えはないな」痛みに耐えながら、リフは無関心で平然とした声を保った。

「襲撃だの悪臭弾だの、おまえらもプエルトリコ人も度が過ぎるぞ。向こうにはもう言ってあるが、こっちにも同じことを言っておく。どこかで集まりたいんなら、自分たちのブロックにいろ、どこにも出るな。それに歩道をふさぐんじゃない」

アクションが手を叩いた。「警察からのお達しだぞ！　おれたち仕事にも行けねえんだ！　そりゃありがたいね、シュランク刑事！」

「きっかけをくれてありがとうよ」シュランクはアクションに指を突きつけた。「ちょうどいい機会だから少年院のことも言っておく」いまやにこりともせず、猛烈な勢いでガムを噛んでいる。「こういうことだ」と切り出し、左手で固い拳をこしらえて少年たちの悪ふざけを封じた。「いつまでも狼藉がおさまらず、このあたりを平穏に保てなければ、またおれがパトロールをすることになる。つまりおまえらと同じ通りを歩くんだ、こっちだってごめんだがな。こうなりゃおれにも意地がある。おまえらはこれから、意地になったおれを相手にするんだ。少なくともそれに耐えなきゃならない。いやなら、いいか――」リフの肩にかけた指をぐいとひねって、ふてぶてしい相手をよろめかせた。「自分たちのブロックに戻ってろ。そこを離れるな。シャークスやほかのプエルトリコ人のグループを探しまわるな。妙な真似をして向こうから探しにくるよう仕向けるのもやめろ。わかったか、リフ？　なんとか言え」強く体を揺さぶる。「おい、わかったのか？」

「わかりましたよ」リフは言った。とんでもない痛みで肩がしびれていたが、それを気取られて刑事を喜ばせるのはまっぴらだった。さすがはリーダーだとジェッツのメンバーたちに思わせなくてはいけない。トニーだってそう思ってくれるだろう。「要するに、おれたちは普段どおりにしてればいいんですよね、波風立てずに」

「残りのクズどもにも」シュランクは続けた。「おまえからしっかり伝えろよ。いま言ったとおりにしないやつは、ボコボコにされると思っておけ。同僚たちもおれも手ぐすね引いて待ってる」そこでリフは突き放され、よろけてアクションに倒れかかった。「自分たちのブロックへ帰れ」シュランクは繰り返した。「クラプキとおれが欠かさず巡回するからな、おまえらにおねんねの時間だと教えてやれるように」

そこに愛などない、これまでもなかったし、この先もありえない、と思いながら、シュランクはクラプキとパトロールカーのほうへ歩きだした。車に乗りこむ前に、親指を振って少年たちを急き立ててから、目の端でクラプキをとらえると、いまの対処に感じ入った顔をしていた。クラプキはこれを覚えていて、話のネタにするだろう。そうすれば多少なりともほかの警官たちのためになるかもしれない。恵まれない人々は誤解されがちだなんていう社会学者の戯言には、みんなうんざりしているのだ。

シュランクはああいう少年たちを知りつくしていた。悪臭弾を投げたやつを捕まえていたら、きつくどやしつけていただろうに。歯がゆい思いで息を吐き、横を見るとクラプキもうなずいていた。報われない仕事だと共感しているのだ——しかも体を張っている。

だが警官には、身の危険を気にしている暇などない。そんなことが気になるのは腰が引けている証拠だし、このご時世、恐怖をまったく感じないぐらいでないと警官は務まらない。ジェッツとシャークス。彼らはウエスト・サイドにはびこるストリート・ギャングのうちの二つに過ぎない。ゴキブリよりギャングのほうがうじゃうじゃいるように思えることもある。ただギャングもゴキブリも、叩きつぶすしかない点は同じだ。

「これからどこへ？」クラプキが尋ねた。

シュランクはまた息をついた。「シャークスを探してみるか。ベルナルドにちょっと話がある」

「手強（てごわ）いやつですか？」

「ほかのやつらと変わらん。英語は訛ってるが、口に拳を突っこんでやれば確実に通じる。みんなそうだ」

二人は通りを行くジェッツを目で追い、その居丈高な歩き方——親指をベルトに引っかけて、脚を蹴り出し、踵を舗道に打ちつけ、肩を揺すって進む——に顔をしかめた。

「もう一度あの食料雑貨店へ行って、犯人の特徴を訊いてみたほうがいいんじゃ？」クラプキが言った。

シュランクは鼻に皺を寄せた。「いや、あのにおいには耐えられん」

「それは爆弾の、それとも店の？」

シュランクはフンと鼻で笑った。「言わせるな」

みんなの歩き方や、口笛や高笑いや自慢合戦からリフが察するに、メンバーたちは警官相手に完全な勝利を収めたと思っているようだった。ジェッツが警官たちに質問され、リフが痛めつけられても耐え抜いたところを街の人たちが見ていたから、その噂はプエルトリコ人にも伝わるだろう。ひょっとするとトニーもそれを聞きつけて、ジェッツに戻る気になるかもしれない。

トニーがまたリーダーをやりたいと言うなら、リフはそれでかまわなかった。ひとり含み笑いをしながら思う――これでアクションはがっくりくるだろう、だがそれでいいんだ。リフがあの刑事につかまれてびくともしなかったのをアクションも見ていた――しかしシュランクの野郎、ばか力を出しやがって。まだずきずきする肩をさすりたかったが、気力でこらえた。あれしきのことでは痛みも感じないのだとメンバーに思わせたかった。リーダーらしく体罰に耐えたことを、だれにも疑わせはしない。

格子状のシャッターがおりた宝石店の上方の街頭時計を見ると、ようやく十時になるところだった。そんな短時間の出来事だったとは。これからたまり場に戻って、さっきそれぞれが果たした役割を自慢し合い、シュランクとクラプキに何を言ってやりたかったか、あの警官どもが一発でも拳を振るってきたらどうしていたか、なんてことを話していたら一時間は経つだろう。それで十一時になる。

家に帰るにはまだ早すぎるが、女たちを連れ出しにいくには少々遅い。朝までにはまだ時間が——何もすることのない時間が——あるし、この身にみなぎる力はいまにも爆発しそうだ。

トニーに会わなくては。もう一度話をして、戻ってくれるよう頼みこむのだ。トニーが仕切っていたころは、やるべきことに事欠かず、毎時毎分が充実していた。そう、あのころ、トニー率いるジェッツは、縄張り獲得のための戦いに明け暮れていた。このブロックを自分たちのものにするべく、あらゆる敵と対戦しなくてはならなかった。リフやほかのメンバーの体に刻まれた傷跡は、ジェッツが縄張りを勝ちとり、それを守ってきた証だ。しばらくはジェッツに戦いを挑もうと考える者すらいなかったが、それもこのブロックに移住してきた最初のプエルトリコ人のひとり、ベルナルドが現れるまでのことだった。

プエルトリコ人はいまやこの界隈の至るところに住んでいて、ベルナルドはそいつらをしじゅうジェッツの縄張りに連れこんでいた。その魂胆ははっきりしている——ジェッツの縄張りを奪う気なのだ。ベルナルド率いるシャークスがそれをやってのけた日には、白人住民はみんな出ていくほかなくなり、やはりプエルトリコ人と耳障りなスペイン語の勝利となる。そんな事態になったら、ジェッツはどこへ行けばいい？　川のなかか？

　おれはごめんだ、とリフは心に誓った。水中で暮らすことになるのはシャークスだ。胸くそ悪いスピック（スペイン語を母語とする中南米系アメリカ人への蔑称）どもめ！　やつらはバスタブを石炭入れにして、風呂にも入らないんだから、川に蹴落としてやるのは親切ってもんだ。

「リフ！」

　リフは背をまるめ、振り返ろうとしなかった。

「ちょっと、リフ！」エニボディズが横に並んだ。「シュランクはなんだって？」

坊主頭に近いほど髪を短く刈った、血色の悪い、痩せぎすの跳ねっかえりにリフは目を向けた。Tシャツの下の胸は真っ平らで、尻もぺたんこなのでジーンズがずりさがっている。汚れた足に履いているのは紐の擦り切れた汚いテニスシューズで、ベイビー・ジョンが〝カンチョー〟しようと駆け寄ってくるや、男と見紛う動きで右の拳をぶんまわした。

　狙いをはずしたエニボディズは、ざらついた野太い声で毒づいて、ベイビー・ジョンに勢いよく唾を引っかけた。

「あとでとっちめてやる」エニボディズはベイビー・ジョンに釘を刺した。「何があったのさ、リフ?」

「話をしただけだ」

「どんな話?」

「おまえの話だ。おまえを厄介払いしたいかってシュランクが訊くから、もちろんだって答えた」

エニボディズは手を伸ばして腕をつかもうとしたが、リフは身をよじってかわした。

「嘘ばっかり。ジェッツのメンバーのことを、あんたがそんなふうに言うはずない」

「おまえはメンバーじゃない。まあ予備軍ではあるけどな」リフは認めた。

「じゃあ何すればいい?」エニボディズはリフの横を小走りして、やっと彼のベルトに指をかけた。「ほかのみんなと同じこと、なんでもやるよ」

「本気か?」

「言ってみてよ」

「これから女を探しにいくんだ」全員に聞こえるように、リフは大声で言った。「おれたちみんなで。ベイビー・ジョンもだ。ベッドの相手を見つけにな。それでだ、おまえ、どんな女を世話してくれる?」

エニボディズの唇から泣き声が漏れたが、湧き起こった笑いに掻き消された。闇雲にパンチを繰り出すも、リフに左手でいなされ、ベイビー・ジョンがまたもやカンチョーしようと寄ってきた。

涙があふれ出し、汚れた頬を伝い落ちた。苛立ちのあまり、石か棒切れか瓶か、なんでもいいから武器になるものを探したが、何も見あたらなかった。はやし立てるジェッツに取り囲まれたエニボディズは、彼らに背を向けて車道へ飛び出した。怒気を帯びたクラクションにもかまわず、車と車のあいだをジグザグにすり抜けて、反対側の歩道にたどり着いた。

「やるじゃないか」アクションがリフを褒めた。「トニーはこんな早業であいつを追っ払ったことなかったぞ」

季節は春、まだ五月だというのに、夜気には初夏の快さがあった。マリア・ヌニェスはアパートの屋上にすわってセントラル・パークのほうを見やり、明るい窓々や、点々と散らばる灯りを眺めた。非常階段をちょっとのぼると屋上に出られるので、マリアはそこへ逃れてきたのだ。窓がひとつしかない階下のせまいキッチンでは、父と母、おじ二人、おば二人、家族ぐるみの友人たちがひしめき合って無駄話をしていた。

頭上の空にはおびただしい数の星が瞬き、薄くて細い雲の切れ目を月が通り抜けてゆく。マリアは黄昏どきに屋上へ来て、ビル群の頂に見とれていたのだが、そこまで一マイルと離れていないのに、一週間前に故郷から移動してきた距離よりもずっと遠く感じた。

夜はゆっくりと街にやってきて、染みわたる闇のなかで、ビルの輪郭と迫力を消し去り、複雑に設計された金属や石材の光沢を和らげ、塔を闇に沈め、何層も連なる窓にさまざまな色の光を持ちこんだ。この街には、あんなにも豪華で立派なビルに住んでいる人たちがいる。そういう人たちはお風呂や着るものにどんな贅沢をするんだろう、とマリアは頬杖をついて考えた。眼下に広がる街は、プエルトリコとは大ちがいだ。故郷ではどの家も掘っ立て小屋同然で、床もなければ、窓にガラスもなく、もちろん水まわりの配管などなかった。通りのほとんどは未舗装で、歩道もなく、至るところに貧困が巣くっていた。

ほんの一週間前に空港に着いたとき、両腕を広げて駆け寄ってきた男女がほんとうに両親なのか、マリアは何度もまばたきしてたしかめなくてはならなかった。二人とも二年前に別れたときよりずっと若々しく、落ち着いて見え、身なりまでよくなっていたからだ。両親がニューヨークに移住したとき、新天地での生活が安定するまで、マリアと妹たちは故郷の親戚のもとに残り、兄のベルナルドだけが両親に同行することになった。

そのベルナルドが空港に来ていなかったのでなぜかと訊くと、父は眉根を寄せて黙りこんだ。でも理由はすぐにわかった。ベルナルドは十八歳でハンサムだが、目つきは冷たく、唇はきつく結ばれ、声は甲高く、アメリカ人への憎しみばかりを口にしていた。

ここニューヨークには、あらゆるものがじゅうぶんすぎるほどある――憎しみさえも。憎しみと無縁でいるためなら、マリアはすべてを捨ててプエルトリコに帰っただろう。人を憎むのはいけないことだと信じていたから。愛するほうがずっとずっとすばらしく、心が満たされるのに、憎むなんてまっぴらだった。

あくびが出たので、思いきり伸びをして、もう寝ようかと考えた。階下へおりて、父に英語の文法か話し方を教わって、英語とスペイン語では文中での動詞の位置がちがうとか、そういうことを覚えてもいい。でもキッチンはまだ人でいっぱいで、故郷の首都のサン・フアンや、かつて住んでいた小さな集落の話が続いているだろう。なぜあの人たちはプエルトリコを離れたのか。その答えは口に出すまでもない。ポケットの膨らみ具合にふれるだけで、蛇口のついたキッチンの流しを見るだけでわかる。

点滅する航行灯が街の上空を斜めに横切っていき、マリアはそれを目で追った。あの飛行機はプエルトリコから飛んできたのか、それともあちらへ帰るところなのか。またキッチンへ戻りたくなったけれど、みんなスペイン語で話しているだろうし、英語を話していてもスペイン語みたいに聞こえるだろう。マリアはアメリカ人のように、子音は不明瞭に、母音は歯切れよく、歌うような抑揚のない話し方をしたかった。アメリカ人になりたくてたまらなかった。

マリアは立ちあがって、伸ばした両腕に月と星々を抱いた。きのうで十六歳になったマリアに、母は何度も接吻しながら、どんなにきれいな花嫁さんになるだろうねえと言った。そしてベルナルドの弟分のチノ・マルティンは、愛情のこもったまなざしでマリアを見つめていた。そのあとチノは、ベルナルドとマリアの両親に、お嬢さんと結婚したいと申し入れた。しっかりした青年で、七番街の縫製工場で見習い工として働いている。いまに一人前の職人になるだろう。チノはハンサムだが、ひどく照れ屋で、ベルナルドとはずいぶんちがっていた。

爪先立ちになって、くるくると踊りまわりながら、マリアは夜空と遠くのビル群に投げキスを送った。チノと結婚したら、別のアパートを夫婦で借りるだろうし、妹たちはもっとゆったり部屋を使えるようになる。結婚したその日から二人きりの空間が持てるのだから、愛を交わすのにも気兼ねが要らない。両親はもう二十年近く、そんな生活はできずにいる。マリアは両手で顔を覆った。そういうことばかり考えちゃだめ、いくら屋上でひとり、この世界に恋しているにしたって。

チノ・マルティンにも恋しているのだろうか。よくわからない。そう、この世界のすべてと同じくらい愛おしく思ってはいるけれど、せいぜいそのくらいだ。

屋上に出る重い鉄のドアが開く音がしてそちらを向くと、黒っぽい人影が見えた。一瞬、怖気立ったけれど、名前を呼ばれてすぐにおさまった。ほっとして大きく息をついたので、声を聞き分けたことがベルナルドに伝わった。

「なんでこんなところにひとりですわってる？」ベルナルドは妹に問いただした。

「いけない？」

「危ないだろうが。アニタが一緒でもここはだめだ」

「どうして？」マリアはしつこく尋ねた。「アニタは兄さんの恋人でしょ？」

「まあな」ベルナルドは手すりにもたれて煙草に火をつけると、マッチを下の通りめがけてはじき飛ばし、落ちていくのを見つめた。「ひとりで屋上なんかにいたら危ないんだ。この近所にはろくでもないやつらがうようよいる。ジェッツのメンバーにでも見つかってみろ、何をされるかわかったもんじゃない」

暖かい夜なのに、マリアは身震いした。「そんなに……ひどいことするの？」

「ためらいもなくな」ベルナルドは言い、深々と煙草を吸った。「やつらのひとりが今夜、ゲラの店に悪臭弾を投げこみやがった。捕まえたら両腕ともへし折ってやる」

「だれがやったか知ってるの？」

「だれだろうと関係ない。ジェッツのメンバーなら。最初に捕まったやつが最初にやられるんだ。おれたちのひとりが捕まっても同じことになる」

「でも、どうしてこんなふうなの？」マリアは兄に尋ねた。「なぜあの人たち、わたしたちにひどいことするの？」

「ここに移ってきたおれたちが目障りだからさ。おれが何をもくろんでると思う？」

「何？」

「たぶんあした、仲間を何人か連れてタイムズ・スクエアに行ってくる——ペペ、アンクシャス、トロ、それにムースあたりかな。それでどっかの土産物屋に入って——」

「強盗するの？」マリアは怯えた。

ベルナルドは妹の頬をそっと撫でた。「そんなわけないだろ。自由の女神の置物を買うだけさ。鉄でできてて、これぐらいの高さのもあるんだ」と両手でそのサイズ——十二インチほど——を示す。「ジェッツのやつらの頭をぶん殴るのにちょうどいい大きさだ。自由の女神にどんな銘文が刻んであるか知ってるか？」

「ううん。そんなの知らない」

「この国に来たら、どんな貧しい者もよりよい暮らしを見出せる、みたいなことさ。事実そうかもしれない」ベルナルドは続けた。「けど、ジェッツはそれを信じてない。だからあいつらの石頭に叩きこんでやるんだ。ちっこい自由の女神像はそれにうってつけの道具だと思ってな」

マリアは兄とまっすぐ向き合った。目を見開き、恐ろしいほど胸をどきどきさせながら、ゆっくりとかぶりを振って、兄のネクタイの曲がった結び目を直した。ベルナルドはかなりの美男だが、唇は非情なまでに薄く、目は、いつか見た罠にかかった獣のそれのように、怯えながらも憎しみに燃えている。あまり言葉にはされないその敵意は、声高な憤怒にも増して恐れられていた。

「なぜいがみ合わなきゃいけないの？」マリアは言った。「ここの人たちのこと――」腕を広げて街全体を示す。「わたしは憎めない」

「だが向こうはおまえを好いちゃくれないぞ」ベルナルドは辛抱強く繰り返した。「だから、ひとりで屋上にいてほしくないんだ」

マリアはにじんだ涙を拭った。「チノと一緒でも？」

「チノと一緒でもだ」

「彼はわたしのこと好きなのに。ねえ、チノは本気で――わたしと結婚したいってママとパパに話したの？」

「本気だとも」ベルナルドは妹を引き寄せ、ぎゅっと抱きしめた。「チノの嫁さんになったら、いつでもあいつと二人きりになれるぞ」

「ひとりではどこへも行くな」ベルナルドは念を押した。「下種(げす)なアメリカ人どもは、おれたちより多くを手にして当然だと思ってやがる。おまえみたいな娘を見たら……」そこで一歩さがって小首をかしげ、妹をしげしげと眺めた。「いやあ、ほんとにきれいだ。チノは幸せ者だな。それはそうと、マリア、おまえの渡航費用をチノがお袋と親父に貸してくれたのは知ってるな。妹たちのひとりのぶんも、あいつが出したんだぞ。それは知ってるか？」

マリアはうなずいた。「知ってる。だからわたし、一生懸命働いてちゃんと返さないとね」

「チノのことは好きか？」

「ええ」

ベルナルドは煙草の吸い殻を踏みつぶし、新たに一本、箱から抜きとった。「惚れてるか？」

「わかんない。でも、いい人よね」

「そろそろおりよう」ベルナルドは妹の手をとった。「みんな帰ったからもう寝られるぞ。おっと、ひとつ訊き忘れてた。新しい仕事はどうだ、気に入ったか？」

「大好き！」マリアは手を叩いた。「だってブライダル・ショップで働いてるんだから！　ドレスや、ベールや、きれいなものばかり扱って」

「おまえはだれよりもきれいな花嫁になる」ベルナルドは妹に言った。「世界一きれいな花嫁だ。おまえが教会の通路を歩いてくるのを見たら、チノのやつ卒倒しちまうぞ。あいつは定職に就いてるから、シャークスのほかのやつらとはちがう。おまえはほかの連中にはもったいない」妹のために屋上のドアをあけ、恭しく礼をする。「そう、マリア、チノはきっといい夫になる。だからおまえも精いっぱいチノを想ってやれよ」

「そうね、ベルナルド」マリアは約束した。「がんばってみる。兄さんももう寝るの？」

「まだだ。仲間と会わなきゃならない」

「なんの用で？　喧嘩しにいくの？」

ベルナルドは妹の頬にキスした。「ちょっと相談事があるんだ」曖昧に言う。

「主がお守りくださいますように」

「そうだな」ベルナルドは言った。「ついていらっしゃるんならご勝手に、だ」

第2章

もう三週間以上、ジェッツはシャークスを待ち伏せしては襲っていたが、敵はいっこうに怖じ気づかなかった。リフは自分のアパートの玄関口から黒い敷石を投げつけるという戦法に出たが、通りを歩くベルナルドには惜しくも命中しなかった。

夜ごとに攻撃のテンポは速まり、とうとうシュランクとクラプキが毎晩やってきて、リフやベルナルドや配下のメンバーたちを探してまわるようになった。だが少年たちはごみごみしたその界隈のことに警察より詳しかったから、窮屈な食品用エレベーターや、地下室の棚にしまわれたトランクのなかや、大型ごみ容器の底や、アパートの外階段の下に体を折り曲げて潜み、警官たちがいなくなるのを待った。それを見届けると――午前二時か三時、四時になることもあった――また待ち伏せ攻撃をはじめ、毎朝のように負傷者を出し、その一帯にさらなる緊張をもたらした。

最近は四夜続けて、シャークスがジェッツより優勢で、待ち伏せ作戦でもより巧妙なところを見せていたが、ジェッツも反撃した。マウスピースがふたたび食料雑貨店に悪臭弾を投げこんだ。それでベルナルドとシャークスが総攻撃に出てくることを狙っていたのだが、ベルナルドはその手に乗らなかった。代わりに、昼間の映画館でベイビー・ジョンを襲うようペペとニブルズに命じた。

二人はベイビー・ジョンの背中にアイスピックを突きつけ、声を出すなと警告して、男性用トイレに連れこんだ。ニブルズがベイビー・ジョンの口いっぱいにトイレット・ペーパーを詰め、個室に押しこんで二人でさんざん殴った。さらに頭を便器に突っこんで水責めにしたあと、ペペがベイビー・ジョンの耳にアイスピックで刻み目をつけ、仲間のもとへ帰ったらこの烙印を見せてこう伝えろと言った――シャークスはジェッツの相手になるのはいいが、大人を巻きこむつもりはない。腰抜けのジェッツがそれをやめないなら、まるごと壊滅させてやる。

「そう来たか」リフはジェッツの面々に言った。彼の両親が残業で不在だったので、一同はリフのアパートに集まっていた。「ベイビー・ジョンをこんな目に遭わせやがって、ただじゃすまさん」

「名誉の負傷者だね」ベイビー・ジョンは誇らしげだった。

「烙印を押されたんだぞ」A-ラブが言った。「あいつらの所有物にされたようなもんだろうが」

リフが飛び出しナイフのごつい柄をテーブルに打ちつけた。「ごちゃごちゃ言うな。たしかにシャークスのしわざなんだな？」とベイビー・ジョンに訊く。

「ひとりはニブルズだったよ。けどほら、あの薄汚いやつらはみんな同じに見えるから。これは店に悪臭弾を投げこんだお返しだとか言ってたな」ベイビー・ジョンは耳たぶにそっとふれた。「みんな、このままやられっぱなしにしとくのかい？」

「もう限界だ」リフが語気を強めた。「こうなったら本気を出す。だれだか見てきてくれ、ディーゼル」ドアを叩く音がしていた。

もしやトニーが来てくれたか、とリフは思った。ここ何日か、ひどい状況になっているから力を貸してほしいとメモに書いて、トニーの郵便受けに入れつづけていたのだ。ところが戸口に立っていたのはエニボディズで、ディーゼルの腕の下をくぐってキッチンに滑りこんできた。

「ここに集まること、なんで教えてくれなかったのさ？」エニボディズはリフに食ってかかった。

「おいおい、おまえまだ懲りないのかよ」アクションが言った。壁にもたせかけてあった椅子から立ちあがり、迷惑そうに唇を突き出す――この女はどうにも苦手だった。「おれが窓から放り出そうか？」とリフに訊く。

「放り出せるもんならやってみな」エニボディズは言い、かかってこいとばかりに、ビールジョッキを叩き割って持ち手とギザギザのガラスだけにした武器を振りかざした。「さあリフ、だれをやっつけたらジェッツに入る資格をくれる？　あたしを正式メンバーにしたらどうよ？」

Ａ‐ラブが鼻をつまみながら、エニボディズを指さして野次った。「メンバーとよろしくやったらどうよ？　……おっと、みんな願いさげか」

「このスケベ野郎！」エニボディズはＡ‐ラブに突進した。「あんたなんかずたずたにしてやる！」

間髪を容れず、リフがエニボディズの動きを封じ、武器を取りあげて流しのそばのごみ箱に放り投げた。「帰んな、お嬢さん、ほらそっちだ」タイガーがあけて待っていたドアから彼女を押し出す。鍵とチェーンをかけてから、リフはメンバーたちのほうを向いた。

「みんな、覚悟はできてるか？」

「できてるとも」アクションのひとことに全員が続いた。

「よし」リフはテーブルに戻って、誇らしくメンバーを見まわした。このなかに臆病者はいない。「いまおれはこう考えてる」と切り出す。「おれたちはさんざん戦ってこの縄張りを勝ちとってきた。それを脂ぎったよそ者どもに奪われるのを黙って見てるつもりはない。やつらは奇襲攻撃しかしてこないが、おれはそんなやり方に苛々してきてる。ここらで一気に片をつけたい。だから結論はこうだ。一度の総力決戦で、やつらを残らず追い払う」

「どっちも総動員で対戦するんだな？」アクションがすっくと立ちあがって、想像上の敵の腹めがけて鋭いフックを繰り出しはじめた。「これを待ってたんだ、おれは」

「ならもう文句はないな」リフはちくりと言った。「ただ、やつらが素手で戦いたがらないってこともある。瓶かナイフか、ことによったらハジキで攻撃してくるかもしれない」

ベイビー・ジョンが目をまるくした。「それ銃のこと？　別に怖かないけどさ」慌てて付け足す。「でも銃かあ。全員ぶんの銃なんてどこで手に入れるんだい？」

「そうなる可能性もあるって言ってるんだ」リフは言った。「それが向こうの望みなら、こっちは応じるかどうかって話さ。なんにせよやつらが言ってきたやり方で、おれは話をつけるつもりだ。けどおまえらの覚悟を知りたい」

ディーゼルとアクションが立ちあがって、なんでも来い、受けて立つぜと叫んだ。マウスピースとジーターは互いの顔を切りつけるしぐさをした。ビッグ・ディールがスノーボーイの心臓をぶすりとやり、スノーボーイはA－ラブに人差し指で狙いをつけた。みんな死闘の真似をしているだけだが、やる気はじゅうぶんだった。そしてアクションが、もうずいぶん人を刺しちゃいないが要領は覚えてると声高に言いだすと、ベイビー・ジョンが唇を震わせはじめた。耳に手をやり、乾いた血にふれてみても、もう勇ましい気分にはなれなかった。

「やっぱり素手で戦おうよ、まあ石ぐらいならいいけど」ベイビー・ジョンは言った。「ナイフとか銃はなしでさ。あいつらのやり方で戦わなくたって別にいいじゃん」怯えが声に出てしまっている気がする。「おれたちは卑怯なやり方はしない、正々堂々と勝負しろって言ってやるんだ。それを拒むんなら、あいつらは腰抜けってことになる。ちがうかい？」

ディーゼルが右手でベイビー・ジョンの口をふさいで、脇へ押しのけた。「どう思う、リフ？」

「おれたちの縄張りはこの通りだけだ」リフは言った。「たいしてでかくもない。ほしがるやつなんかいなさそうなもんだ。けどプエルトリコ野郎どもは例外らしい。だがだれにも、絶対にここを奪わせはしない」

「おれたちみんな同じ気持ちさ」マウスピースが言った。

リフはメンバーたちの後押しにぐっときて、左の手のひらに右の拳を叩きつけた。「いまでずっとやってきたとおり、おれたちの縄張りを守るぞ」ふたたび右の拳を強く叩きつけ、何人かがそれを真似たのを見て気をよくする。「だが、もし向こうが飛び出しナイフを使いたいと言ったら、おれのも遠慮なく使うぞ。全身におれたちの名前を刻まれなきゃわからないんなら、このおれがやってみせてやる」

ビッグ・ディールが両手で切り刻む身ぶりをしながら、へらへらとばか笑いした。タイガーがスノーボーイのはらわたを抜く真似をし、スノーボーイは腹をつかんで膝から崩れ落ちた。アクションが両手の指を鋭くはじいて、銃の速射さながらの音を立てた。リフは満足だった。こいつらはどこまでもついてきてくれる。そしてベイビー・ジョンも、プロペラに見立てた右腕をまわし、銃声を口真似しながら、走って旋回しはじめた。

「よし、そこまで」リフは静まるようジェッツに合図した。「おれたち白人は、汚いやり方で優位に立つのをよしとしない。だから方法としてはこれがいちばんだと思う。シャークスには、互いに軍使を立ててそいつらのあいだで武器を決めるよう求める。ただしベルナルドには、おれがじかに決戦を申しこむ」

だれも異存はなかった。それはジェッツのリーダーとしての大きな――おそらく何より重要な――役目のひとつだ。

「まあでも、副官は連れてかないと」スノーボーイが言った。

アクションがジーターとマウスピースを押しのけてしゃしゃり出た。「おれだな、リフ」

「いや、トニーだ」リフは言い返した。本人が黙っていれば、アクションを連れていくことにしていたかもしれない。だがアクションにはボスがだれなのか示しておく必要があった。「いまから話をしにいく」

「ちょい待てよ」アクションがさえぎった。「トニーなんか要らねえだろ？　なんであいつにへいこらしなきゃならねえんだ。おれたちを捨ててったやつを、いまさら復帰させるなんてよそうぜ」

リフはあえて最後まで言わせた。それもまたリーダーらしい態度だ。「シャークスと張り合うなら、ありったけの人数を集めるべきだ」

「いま言ったこと聞いてなかったのかよ、リフ？」アクションは首を横に振りつづけた。

「それとも、トニーの別れの言葉がちゃんと聞こえてなかったか？」

「黙れ、アクション」リフは言った。「忘れたんじゃないだろうな、ジェッツを結成したのはトニーとおれだぞ」

それは反論しようのない事実で、アクションはだれも助勢してこないことに気づいた。

実のところ、母親がどうとかいうだけの理由でジェッツに背を向けたトニーのことを、アクションと同じく、むかつくポーランド野郎だと思っているメンバーもいるにはいた。とはいえリフはリーダーだし、事実は揺るがない――トニーがジェッツを作ったのだ。

「いまじゃ、おれたちより上等な人間ぶっていやがる」アクションは言いつのった。

「そんな気でいるやつに泣きつくぐらいなら、おれは命を捨てることになったっていい」

「おれたちひとりひとりより、ジェッツの存在には価値があるんだ」リフは言った。「それくらいトニーにもわかるさ」

「そうだよ」ベイビー・ジョンが言った。その前に、だれからも顔をはたかれないようじゅうぶん距離をとっていた。「トニーだってみんなと同じさ。ジェッツの一員だってことを誇りに思ってる」

アクションがベイビー・ジョンに唾を吐きかけた。「トニーは三、四カ月、顔も見せないじゃねえか」

「エメラルズをやっつけた日には来たよな?」スノーボーイが言った。

「ああ」A-ラブがうなずく。「あいつがスーパーヒーローみたいに現れてなきゃ、勝てなかった」

ベイビー・ジョンが首の後ろをさすった。「トニーのおかげでこの首も無事だったもんな」

「決まりだな」リフは話を締めくくった。「トニーとおれとで、ベルナルドに会いにいく。トニーはおれたちのだれひとり見捨てやしない」アクションに言い聞かせる。「この縄張りについても、おれたちと同じ思いでいる。それは保証してもいい。で、アクション、まだ何か訊きたいことは？」

「あるとも」アクションは言った。「いつ動きだすつもりだ？　あの連中をのうのうとのさばらせとく気はないからな」

「そこで問題が出てくる」Ａ‐ラブが声を張りあげ、みんなの注意を引いた。「どこでベルナルドを見つけりゃいい？」爪先立ちになって額に手をかざし、シャークスのリーダーを探す真似をする。「報告します。姿が見あたりません」さらに鼻をうごめかす。「においもしません」

「わけはない」リフは歌うように言い、タップダンスの簡単なステップを踏んだ。「今夜、公民館でダンス・パーティがあるよな？」

「だよな」全員が声を揃えた。「そこでおれたちは鮫どもに……」

「食らいつく」リフが受けた。「ベルナルドは名ダンサー気取りでいるから、きっと現れる。そこへおれたちが総勢で……」

「乗りこむ、と」ビッグ・ディールが心得顔で片目をつぶった。「けど、公民館は中立地帯ってことになってて、シュランクやクラプキや、ほかのお巡りがわんさと来るって噂だ。かまわずひと暴れする気なら話は別だけどな、リフ」

「きょうのところはおとなしくしておこう」リフは言った。「だがベルナルドが来てたら、決戦の申し入れはする。表向きは、ダンスで親睦を深めにまいりましたってふうに見せなきゃいけない。だからみんな、洒落た服でびしっと決めてこいよ」

マウスピースがひげを剃る真似をした。「何時に行く?」

「八時半から十時のあいだだ」リフは一瞬考えてから言った。何か言い添えることはないかと目を向けると、アクションがうなずいた。「みんないっぺんにじゃなく、ばらばらに入ろう。あくまでもダンスをしにきただけって顔でな」

「てことはさ、女の子同伴じゃなきゃいけない?」ベイビー・ジョンが情けない顔をした。

「だな」アクションは言った。「おまえはエニボディズでも連れてけ」

アパートの廊下を駆け抜け、フェンスをひらりと越えて隣の通りの真ん中を歩きながら、リフは自信が満ちてくるのを感じた。単独行動中のいまは、車に轢かれる危険があろうと道の真ん中を行くのがいちばんだ。歩道なんかを歩いていたら、ビルのなかから飛び出してきたシャークスに連打を食らい、腹を思いきり踏みつけられて置き去りにされかねない。

ダンス・パーティまでは無傷でいるのが肝心だった。王のように颯爽と登場し、リフ・ロートンの貫禄はトニー・ウィチェックに負けてない、トニーが抜けたぐらいじゃジェッツはびくともしなかったとほかのグループに印象づけるのだ。指を鳴らし、軽やかに足を運びながら、リフは自分が巨人と化し、あらゆるものを、ビル群をも見おろして、拳で突き破った雲の一片で靴でも拭けそうな気分になっていた。

ここからはもどかしい時間になりそうだ――そう、パーティ会場に着いて、ベルナルドに決戦を申しこむまでは。まさかシャークスのやつら、怖じ気づいておとなしく縄張りを明け渡したりしないだろうな。そうならないといいが。もしベルナルドがそのつもりなら、あとはやつのアパートに悪臭弾を投げこむしかない。待てよ、それもありか。それも敵に戦争を仕掛けるひとつの手ではある――トニーも以前それを考えついていた――そんなクールな線引き方法は聞いたことがないと、ウエスト・サイドとほかのどの地区のグループもこれには舌を巻くだろう。いいじゃないか、敵にはまちがいなく痛手になるぞ！

引き返してジェッツのメンバーがどう思うか訊きたくなったが、こんな無謀な作戦のために仲間を集めるにはもう遅すぎると気づいた。すでに立てた計画だってじゅうぶん危険なのだ。いまの思いつきを実行するとしたら、大急ぎで攻撃をすませたあと、アパートの暗い階段を駆けおりなくてはならず、そこでシャークスどころかアパートじゅうの住民と揉み合うことになるかもしれない。

　公民館で決戦を申しこむのがやはりいちばんだろう。それでベルナルドがひるむようなら、もうひとつの手を使えばいい。うちのメンバーは最強だ——リフはひとりひとりを思い浮かべて胸を熱くした——ジェッツはつわもの揃いだとだれもが知っているし、ジェッツが通ればだれもが道をあける。そうでなくちゃいけない。

　もうまもなく、通りはふたたびジェッツのものになり、この通りに接するすべてのブロックがジェッツのものになり、この通りに接するすべてのブロックが——リフは行く手に右腕を突き出して走りだした——ジェッツのものになる。ジェッツの領地と呼ぶくらいになるだろう。そして本人はまだ知らないが、縄張りの拡張にこそトニーの力を借りようとリフは決めていた。名誉と思ってもらわないと！

　ドクのドラッグストアの一ブロック手前で、リフはひと息つこうと足を止め、煙草に火をつけた。ゆっくりと一服しながら、心臓の鼓動がすっかり落ち着くのを感じ、商店のウインドウに映った自分を冷静に眺めた。気が立っているようにも、もちろん不安げにも見えないことに満足して——トニーに不安な顔だけは見せたくなかった——リフは口笛を吹きはじめた。

　数分前には、酔っ払いみたいに頭がとっ散らかっていたが、いまはもう、公民館でベルナルドと対面したらどう話がつくかが見えている。ベルナルドは申し入れを受け、武器には飛び出しナイフか、ことによれば銃を選ぶだろう。一週間ほど前、リフはマッスラーズ——ハーレムを根城にしている黒人グループ——のメンバー数人に出くわし、そのうちのひとりがシャークスの一員に切りつけられて負った額から顎までの傷を目の当たりにしていた。

シャークスと一戦交えるなら、ジェッツも総力をあげて臨むことになる。アクションかディーゼルあたりがそれをわかっていようがいまいが、どうでもいい。リフはそういう気構えでいるし、これからそれをトニーにも伝えるからだ。

ガラスに映った難しい顔つきの自分に目配せし、分別くさくうなずきながら、何もかもうまくいくさ、とリフは心のなかで言った。煙草を背後にはじき飛ばし、のんびり口笛を吹きながら、ドクのドラッグストアに入っていった。警戒の目を向けてくるドクに両手をあげてみせ、ここへ来たのは真面目な用件で、カウンターから何かかっぱらうためではないことを示す。

「トニーはもう帰った?」そう訊きながら、壁の時計に目をやった。五時三十分——参ったな、トニーの家には行きたくないんだが。

「トニーなら裏にいる」ドクは言った。中背と呼ぶにはやや小さい細身の男で、ひっきりなしにずり落ちる分厚い眼鏡をかけている。白衣には腋の汗で染みができ、足が痛むのにもかまわず、ゆるくて底の薄い上靴を履いている。深く呼吸し、頭のなかで数を数えながら、ドクは処方箋どおりに錠剤を揃えようとしていた。「あいつになんの用だ」

「個人的なことなんでね」リフは言い、カウンターの陳列棚から櫛を取り出す真似をした。

「何も盗みやしないよ、ドク。ここの店員は友達なんだから。ところであいつにいくら払ってるんだい？」

「トニーとわたしのあいだのことなんでな。そんなに知りたいなら――」ドクは間を置いた。「真面目な話、トニーと同じような仕事を世話してやってもいい。そうすりゃわかるぞ」

「くそくらえだ」リフは言い、裏口のほうへ向かった。

店の裏には、舗装されたせまいスペースがあり、三方を建物の壁に囲まれていた。その一角にはさまざまなソフトドリンクの空箱や、蒸留水の大瓶が詰まった木箱が積まれている。一方の壁際には、トニーが地下室から出してきた厚紙の展示看板や埃まみれのいろんな商品が積んであった。

「先週運び出したんだ」トニーはリフに説明した。「ドクはなんでもかんでもしまいこんでたんだが、こないだ地下室へおりたら、何かにつまずいて危うく首の骨を折りかけたらしくてな。それでこうやって、がらくたをみんな出してきたわけだ。で、わかるだろ？」とリフに訊く。

「何が」リフはお義理で訊いた。

「これから全部しまいなおすんだ」

「重要な仕事には聞こえないな」リフは言った。

トニーは深々と息をついた。「おれにできる仕事はこれぐらいのもんだ」と認めながら、恥じることもなくそう言える自分に驚いた。まったく、リフとそう歳はちがわないのに、これじゃ兄貴か何かみたいじゃないか。「また夜学に通おうかと考えてる。どう思う？」

「頭の具合を診てもらったほうがいいな」トニーの目つきが険しくなったので、怒るなよ、とリフは慌てて片手をあげた。「トニー、聞いてくれ、大事な話をしにきたんだ。おれたち、今夜公民館へベルナルドを探しにいく」

「ベルナルドのほうがおまえを探してるって話もあるな」トニーは顔の汗を拭った。日中の厳しい暑さが作業場にどっかり居すわっていた。「冷たいもの（コールド）でもどうだ？」

リフは首を横に振った。「おれがほしいのはクールなやつだ。ベルナルドに決戦を申しこむとき、隣にいてくれるクールな男だ。今度こそ、きっちり話をつけにいく」

トニーは首を横に振った。「おれを数に入れるつもりで来たんなら、はずしてくれ」

「冗談だろう」リフは言った。「待った」また手をあげてトニーの返答を押しとどめる。

「本心だって言うつもりなら——わけを聞きたい。教えてくれ」

「あんまりばかげてるからさ、おれでもわかる」トニーは答えた。「リフ、聞けよ……」

「聞いてる」リフはさえぎった。「けど、簡単に言うなよ。このおれが頼んでるんだ」そこでトニーの胸を、それから自分の胸を叩く。「おれだぞ、リフだ、忘れたのか？　トニー、頼むから、そんながらくた放っとけよ！　こっちのほうが大事だろ！」

「大事だろうとも」トニーは皮肉に言った。「頭をかち割られる計画を立ててるんだから。おまえにはそんな頭、似合わないと思うぞ」

　この友人のことが本気でわからなくなり、心配にもなって、リフは一歩退いてトニーをつくづくと見つめた。ほんの数年前に一生涯の友情を誓った仲なのに、いまのトニーはもう遠い存在だ。

「いったいどうしたんだよ」リフは言った。「おれたち、知り合ってからずいぶん経つよな。そのあいだずっと、おまえがどういう人間か知ってるつもりでいた」ゆっくりとかぶりを振る。「自分のことみたいに知ってるつもりでいたんだ。それが思いちがいだったなんて、ほんとがっかりだ」

　トニーは笑いながらリフの右肩を小突いた。「がっかりされてもなあ。そう悩むな、坊や」

「おれは坊やじゃない！」

「だったら大人になれ」トニーは辛辣に言った。「リフ、おれは仕事を終わらせたいんだ」あけ放してある地下室のドアを指さした。「今度どっかの海へ泳ぎにいこうか。ほら、おれは行ったことないから……どうだ、リフ？」と声をはずませる。「行こうぜ……ニュージャージーのロッカウェイに！　夜の海で泳ぐのもいいよな。どうよ？」

「それどころじゃない」

「そうか」トニーは言った。「ジェッツとつるんでるほうがいいんだな。わかったよ、坊や」その呼び方をあえて繰り返す。「お子さまたちによろしくな」

「ジェッツは最高だ！」リフは怒鳴って、これ見よがしに木箱を蹴飛ばした。「最高なんだよ！」さらに声を荒らげ、難癖をつけたいやつは出てこいとばかりにまわりの建物を見あげた。

「以前はな」トニーが静かに言った。

「いまもだ」リフは言い張った。「おまえはもっといいものを見つけたのか？」

「まだだ」

「じゃあ何を探してんだよ」

トニーは一瞬考えた。「言ってもおまえにはわからないよ」

リフは胸を叩いた。「言ってみろって。おれは切れ者だぞ。聞かせろよ」

ある夜、ひとりで地下鉄に乗っているとき、トニーはふと苛立ちに襲われた。それはずっと心に巣くっている劣等感に対するもので、ジェッツを率いているという自負をもってしても消し去ることができなかった。自分は無学で、物を知らず、いくら大物ぶった口をきいていようと、その事実は変わらないのだ。クールにふるまってはいるが、同じくクールなアイスクリーム・ケーキが何を知っているというのか。なんにもだ。トニーは無知だった。この道をどこまで行ってもずっと無知なままだろう。もっとましな生き方があるはずだ。

その夜トニーはブルックリンからブロンクスへ、ブロンクスからクイーンズへ、クイーンズからマンハッタンへと地下鉄に乗りつづけ、コロンバス・アヴェニューのはずれの自分のアパートに戻ったのは何時間も経ってからだった。住人たちが家でこしらえた料理や飲んだ酒、夏場にしたたらせた汗や、怒りや絶望で流した涙のにおいが染みついた暗い階段をのぼっていき、夜明けまで屋上にすわっていた。

それがジェッツの一員としての、リーダーとしての最後の夜になった。翌朝、トニーは職探しに出かけ、ドクがドラッグストアでの仕事をくれた。店でなんやかやの悪事を働かれるより、給料を払って雇うほうが安あがりだと思ったのかどうか、正直なところ、真意はわからない。それでもここで働きだしてもう四カ月、ジェッツの面々は頭にきているにしても、母親はほっとしている。そろそろ母親を喜ばせることをするときだと、トニーは自分を恥じながら——それもかつてないことだった——思った。

いや、そんなのは古くさすぎるだろうか。考えすぎて感情を持て余していることを、ジェッツのだれかに話したり認めたりする勇気はなかったから、リフやアイスやアクションとの付き合いを断つという手っとり早い脱退方法をとって、彼らにジェッツを引き継がせたのだ。

「おまえにだけは話しておくよ」トニーは言った。

リフは嬉しくなった。「つまり、おれたちはまだ友達なんだな？」

「百パーセントな」トニーは微笑み、それから真顔になった。「このところ、しょっちゅう夢を見るんだ」と切り出す。「いつもどこかに立って、何かに手を伸ばしてる」

「何に向かって？」リフは如才なく興味を示して言った。

「言葉にはしにくいな」トニーは続けた。「最初はどこかへ行こうとしてるのかと思った。一マイルとか百マイル先じゃなく、何千マイルも離れたところへ。地図で見るような場所だ」

「じゃあ海軍に入れよ」リフは茶化した。「港々で酔っ払いたいんなら。それでなんになる？ ここで同じことをやって、千マイルの彼方にいるつもりになったっていいじゃないか。中国人を見たきゃ、チャイナタウンに行けばいい。アフリカを見たきゃ、地下鉄の二、三駅先にある。イタリアなら、マルベリー・ストリートが目と鼻の先だろ。けどプエルトリコを見たけりゃ、プエルトリコまで行け。それだけはこのへんで見たくないんでな」

リフの了見のせまさに呆れ、トニーはそっけなく手を振った。「千マイルも旅しなくたって、おれの探してるものは見つかるよ——たぶんな。すぐそこの角に、ドアの外にあるかもしれない」頭上にそびえるビルの暗い窓のひとつを指さす。「あそこにあってもおかしくない」

リフは頭をそらして上を見た。「あそこに何があるんだ？」

トニーの舌が、夢を見ているときのようにむくんだ感じになった。「なんだろうな」しゃべるのもひと苦労だ。「興奮みたいなものかな。いや、もっとすごいものなんだが、ほかの言い方を思いつかない」

「クスリでもやりはじめたのか？」リフはショックを受けた。「よく聞いとけよ！」トニーに指を突きつける。「もしクスリなんかやってるんなら……」

「そんなんじゃない」トニーはきっぱりと言った。「おれが探してるのは……ジェッツにいたころみたいに興奮させてくれる何かだ」

リフは考えこんだ。「おれたちがまだ親友だって考えるだけで、おれは興奮するけどな」

「親友だとも」トニーは言い、リフの手をつかんで強く握った。そこから空中腕相撲になり、すばやい手首の返しで、トニーはリフの体勢を崩した。「もうひと勝負いくか？」

「喜んで負けてやるよ、相手がおまえならな。興奮ってのは人がくれるもんだぞ、トニー」リフは言った。

「ああ」トニーは同意した。「おまえと会って気分が上向いたよ。けどもしA－ラブとかディーゼルとか、ほかのやつらが一緒に来てたら――」かぶりを振る。「どうだったろうな。いま試しに考えてみるが、おれがやっぱりジェッツに戻るとしたら――」またかぶりを振る。「だめだ、全然興奮しない」

「おい、現実逃避もたいがいにしろよ」うんざりして、リフはまた別の木箱を蹴りつけた。「興奮するもしないも、居場所と呼べるグループがないのは、孤児とおんなじだ。この街で生きてくには、父親や母親よりも仲間が必要なんだよ。いや、おまえの母さんのことを言ってるんじゃないぞ」と慌てて付け加える。「あの人にはよくしてもらったからな。けどトニー、事実は事実だ。はぐれ者でいたって、どこにも行き着けない。ジェッツの一員でいれば、あらゆる場所のてっぺんにたどり着ける」

トニーには、リフの言葉にこもった誠意を否定することも、互いの背中を守って過ごした日々を消し去ることもできなかった。いくつもの場面が、焦点の合った鮮明な情景となってトニーの記憶の上層に押し寄せ、罪悪感をもたらした。それでも、ここで根負けするわけにはいかなかった。

「リフ、おれはいやになったんだ」もっと強い調子で言いたかったのに、声がうまく出てこなかった。「何から何まで」

「ここが正念場なんだよ、トニー」リフは食いさがった。トニーの答えに迷いが感じとれたからだ。気の逸(はや)りが表に出ないよう、なんとか自分を抑えた。「シャークスは本気を出してきてる。いまやつらの勢いを止めないと、こっちが追い出されるはめになる」そこで間を置き、トニーが状況の深刻さを呑みこむのを待ってから、救いを求めるように手を差し出した。「頼み事なんかしたこともなかったおれが、こうやって頼んでるんだ。助けが要るんだよ、トニー。これだけ言えばわかるだろう。今夜、公民館に顔を出してくれ。ダンス・パーティがある」

トニーは顔をそむけた。「行けないよ」

「おまえが来るって、もうみんなに話しちまったんだ」リフは言った。

ことわりもなく約束されたことに腹が立ち、よほど左のパンチを見舞ってやろうかとトニーは思った。だがそこで、リフがそんなことをしたわけに気づいた。リフはいまもトニーを友達だと、親友だと思っているのだ。トニーも同じ気持ちかどうかは微妙だが、だからと言ってリフを失望させていいことにはならない。リフだけじゃなく、ジェッツのメンバーや、ここらの住民たちみんなを。

トニー自身、ベルナルドとシャークスを好きにはなれなかった。あいつらは招かれもしないのにここへ来たわけで、争いが起これば、だれが原因なのかは尋ねるまでもない。争いは現に起こり、山場を迎えているからこそ、リフはジェッツの一員としてではなく、友達としてトニーに助けを求めてきたのだ。

ジェッツを抜けた夜、リフにあとをまかせたいとトニーはメンバーたちに話した。リフを前へ押し出したのは自分だ。だったら知らん顔してないで、リフがこのまま先頭に立っていられるようにする責任があるんじゃないのか？

トニーは苦笑を浮かべた。「言いなりになる気はなかったんだが、ここまで強引なやつが相手じゃな」

「じゃあ十時は？」リフは訊いた。

「ああ、十時でいい。けどなあ、あとあとまで後悔することになりそうだ」

リフは見えない相手にジャブを打ちこんだ。「どうだかな。おまえの探してるものがパーティでひょっこり見つかるかもしれないぞ！　ダンスなんてずいぶん久しぶりだろ？」

声高に言う。「またあとでな！」

層をなした雲が流れてきて、太陽をさえぎった。トニーは暑くてせまい作業場に閉じこめられたように感じ、周囲にそびえる壁や暗い窓に劣らず陰鬱な気分になった。もっと毅然としていられなかった自分を、リフの頼みを拒めなかった自分を呪った。きっぱりと、どんな愚か者にもわかるように説明するべきだったのに。

海へ行くという思いつきを実行すればよかった。そして浜辺にすわって、唇に塩気を感じながら、手で砂を掘り、星を見あげていれば、何かが起こったかもしれない。探し求めていた特別な何かが、空からまっすぐ降ってきたかもしれない。

それはなんだろう。別の浜辺？　滝？　隊形をなして飛ぶ鳥の群れ？　空にたなびく飛行機雲？　月からぶらさがったブランコ？　女の子ってことも？　いいじゃないか。

暑くてうんざりする一日に夕闇が迫りつつあり、いまや陰りを帯びた空を、雲が通り過ぎていった。ドクの声が聞こえた――わたしはまだいるが、店員はもう帰る時間だ、やり残した仕事はあしたの朝でいいぞ。地下室のドアの鍵だけかけたら、なかで冷たいものでも飲め。

「今夜は暑くなりそうだ」ドクが戸口に立って、薬学雑誌の古い号で自分を扇ぎながら言った。「あしたはもっと暑くなるぞ」

「だろうね」トニーは応じた。

「九時ごろに早じまいして、冷房の効いた映画館にでも行くかな」ドクは続けた。「サンドイッチとビールに付き合う気があるなら、一緒にどうだ。それとも、女の子を連れていきたいっていうんなら、わたしの無料入場券をおまえにやって、もうひとりぶんのチケットも買ってやるが……」

「いいね、ドク。けど約束があるんだ」

「リフとおまえとそれぞれの彼女でデートか？」

「じゃなくて、公民館でリフと会うことになってる。ダンス・パーティがあるんだ」

「そういうことなら、ふられても仕方ないな」ドクは言い、肩をすくめた。「しかし、この暑い夜にダンスときたか。まあ、ひとりで過ごすわけじゃないんだな、それならいいんだ。またあしたの朝にな」

「ああ」トニーは膝をついて地下室のドアの鍵をかけた。「じゃお先に、ドク。九時ごろにちょっと寄って、窓のシャッターをおろすの手伝うよ」

「すまんな。店の窓に鉄のシャッターをつけなきゃならんとは、いやな世のなかだ」

「プエルトリコ人のせいさ」

「友達のリフや、ほかの不良どものせいではないってか?」ドクはちくりと言った。「まあいい、トニー、またあしたな。シャッターのことは気にするな。ひとりでなんとかなる。それより今夜は自分のことを気にしてろ」

第3章

そのブライダル・ショップは、ミシン三台、マネキン三体、裁断用の小さなテーブル一卓に、試着用の小部屋がひとつあるだけの、こぢんまりした店だった。表のウインドウには、通行人にもわかるよう〝英語で応対できます〟と記されている。店主である中年の寡婦、セニョーラ・マンタニオスが、そう明示しておけばプエルトリコ人でないお客も入ってくるかもしれないと考えたのだ。見落としようのないその大きな金文字の表示を出して一週間になるが、セニョーラが呼ばれてひとことでも英語を使う機会はないままだった。

この街の人たちの狭量さにうんざりして、セニョーラは早退けして入浴し、服を着替えた。趣味で仲人をしている友人二人が、やもめ暮らしがだいぶ長いという紳士を連れてくることになっている。今夜は暑さが和らぎそうにないので、冷たい紅茶とコーヒーとレモネードをたっぷり冷蔵庫に用意しておきたかった――それにワインとビールも少し。

アニタ・パラシオに店をまかせて帰っていいものかと、少々悩みはした。アニタはプエルトリコでよく仕込まれた、なかなか腕のいいお針子なのだが、ニューヨークでの暮らしぶりは自由奔放だった。今夜はマリア・ヌニェスがダンスに着ていくドレスの寸法直しを手伝うので、店に残りたいと言っていた。ダンス会場は教会を改造した公民館で、聞いたかぎりではまともなパーティのようだった。

正面も裏口もしっかり戸締まりをして、表のウインドウにも――マネキンに着せてあるドレスを白人の連中に盗まれないよう――鉄のシャッターをおろして施錠するよう、アニタとマリアにしつこく言い聞かせてから、セニョーラは店を出た。

自宅アパートまでの道を急いだのは、予定より遅くなったからではなく、路上にいる時間を少しでも減らしたいからだった。すでにいやというほど、セニョーラは敵意むき出しの口汚い不良少年たちの標的になっていた。ブロンドや赤毛やそばかす面の少年たちはみんな、アイルランド系かポーランド系か、どこ系とも知れない白人で、神がなぜこういう国や人々をお創りになったのかは、彼女には永遠に理解できない謎だった。

戸締まりが終わってブラインドもおろされた店内で、マリアが白いドレスを着て試着室から出てきた。「これのお直し、今夜に間に合いそう?」とアニタに訊く。

アニタは待ち針を口にくわえていたので、ただうなずいた。じきに十八歳になる、暗闇で輝きを増す野性的な黒い目をしたアニタは、マリアより背丈が一、二インチ高く、胸と腰と尻まわりは数インチ大きかった。ベルナルドはこんなふうに言っていた——おれの彼女はきっと体を溶かしてドレスに流しこんだんだ、ドレスが第二の皮膚みたいにぴったりしてる、まさに成型された芸術品だ、と。

アニタは長い髪を波打つように垂らしていて、昼間でもアイラインを引いている。どんなときも情熱にあふれて見えるよう、こってりと口紅を塗って唇を強調している。仕事中はぺたんこの室内履きに替えているが、ミシンのかたわらには高さ三インチ半のプラスチック・ヒールの華奢な靴が置いてある。

「頼むからじっとしててくれない?」アニタはスペイン語で注意した。

「英語でしゃべってよ」マリアは言った。

「英語をしゃべりたいなら、英語で考えなきゃ。でもあたしはスペイン語で考えるのが好きなの」思わせぶりに目玉を動かす。「だって、愛について考えるのにはスペイン語がいちばんだもん。それよりお願い、動かないでってば」

マリアは襟もとのボタンをはずし、詰まった襟ぐりを下に折りこんだ。その聖餐式用のドレスは柔らかな白のレーヨン地で、襟ぐりと七分袖のカフスと裾にアイレット刺繡が施されている。ウエストには白のサッシュベルトがついているが、アニタがそれを深紅か青のに替えてくれることになっていて、そうすれば共布で作ったヘアバンドを髪に着けていける。

それはともかく、ドレスの襟ぐりは詰まりすぎていて、袖も長すぎた。けれど、襟ぐりと袖のどちらかを選ぶとしたら、襟ぐりのほうをどうにかしてもらいたかった。

マリアはハサミに手を伸ばした。「ねえ、襟ぐりを直してちょうだい。あなたの着るドレスみたいにして」

「もう、針を飲みこんじゃうでしょ」アニタは言った。いまは膝が隠れるくらいにドレスの丈を詰めるべく、定規で測りながら待ち針を打っているところだ。マリアがベルナルドの妹でさえなければ、膝上二インチの丈を薦めていただろうけど、そんなことをしたらベルナルドが怒り狂って、楽しみにしていたこの夜が台なしになってしまう。

そう、ベルナルドは目に炎が見えそうなほど激怒することがある。アニタがそれだけで参ってしまうような熱い目だ。そんなときアニタはありったけの情熱でその怒りを忘れさせ、ともに気怠い幸福感に浸りながら、ベルナルドの低く甘い囁きを聞くのだ。

「じっとしてなきゃだめ」アニタはまた注意した。「あらぬところに針が刺さっちゃうじゃない」

「首まわりをなんとかしてくれるよね？」

「どこがだめなのよ。そんなきれいな首をしてる娘、なかなかいないよ」

「ドレスのことを言ってるの」マリアは返した。「二、三インチ広くあけたって、たいしてちがわないでしょ？」

「大ちがいよ」アニタはぴしゃりと言い、大げさに目をぎょろつかせてマリアを笑わせた。「ダンス向きに直してくれてるのよね」マリアはなおも言った。「ダンス向きに」と繰り返す。「もう祭壇の前でひざまずくためのドレスじゃないのよ」

アニタは裾にまた一本ピンを打った。「最初はダンスをしてても、最後はそのお相手の前でひざまずいて、祭壇に連れてってちょうだいってお願いすることになるかもよ」

「三インチとか二インチがだめなら――一インチでもいい」マリアは親指と人差し指で、ほんのちょっとだと示した。「たったの一インチよ」

「ベルナルドに約束させられたの」アニタはため息をついた。床に膝をついていても、マリアのほっそりと優美な脚が見てとれた。なんて恵まれてるの……この脚なら、むだ毛を剃る必要もないし、肌をすべすべに保つのにせっせとクリームやローションを塗る必要もない。「あたしは別にいいんだけど」とマリアに言いわけする。「あんたの面倒を見るようベルナルドにきつく言われてるの。それにはドレスをどう直すかも含まれてる」

「ベルナルドったら、そんなことまで」マリアは呆れた。「ここへ来てもうひと月になるのに、いまだに朝、店までわたしを送ってくるし、帰りもチノが来られないときはわざわざ迎えにくるんだから。昼間はずっと針仕事して、夜はじっと家にいるだけ」とぼやく。「これじゃプエルトリコにいたときとなんにも変わらない」

「プエルトリコにいたときはまだ子供だったし、ここへ来たとたんに大人になってもいないでしょうが」

「へえ、そう？」マリアは言った。「わたしがまだ子供なんだったら、どうしてチノとの結婚話が進んでるのかな」

「そんなの別におかしくないよ。あんたはもう結婚していい歳だけど、襟ぐりの深い服を着るにはまだ早いってだけ」

「でももうじき、一糸まとわぬ姿になるのはいいわけね」マリアはそう口を滑らせ、思わず顔を覆った。赤面しながらも笑いが止まらない。「わたしがこんなこと言ったなんてだれにも言わないで、チノにもよ」

「チノに言うのはまずいね。で、どうなのよ——」アニタは両手を震わせてみせた。「彼を見るだけで心臓がこんなふうになる？」

　マリアは首を横に振った。「チノを見てもどうもならない」

　アニタはうーんと言いながら立ちあがった。「どうなると思ってたの？」

「わかんない」マリアは真顔になった。「とにかく、どうにかかよ。チノはいい人だけど…

…ただそれだけ」歩いていって鏡の前に立ち、ドレスの丈をたしかめる。膝下一インチと言っても、じゅうぶん脚は出ているので満足した。あとは襟ぐりを広げてもらいたいところだけれど、とりあえずほかの話でアニタの気をそらしてみよう。「じゃあベルナルドを見るとどうなるの？」

「見るなんて無理」アニタは答えた。「目のなかが星でいっぱいになって、何も見えなくなっちゃう。そうなったらもう止まらないよね」

「そっか。だから兄さんと映画に行ったあと、どんなストーリーだったか訊かれても話せないんだ。ふうん」マリアはたたみかけた。「二人で階上席にすわって何してるのかこれでわかった。なんでアニタが映画の内容を全然覚えてないのか、ママとパパに話したほうがいいかなあ」

アニタはドレスの襟に指をかけた。「これ、ずたずたにしてあげようか」

「襟ぐりを広げてくれさえすれば……」マリアは言いながら、そんな恋人どうしの秘密は決して漏らさないと目で伝えた。

「来年ね」アニタは厳しい顔をしようとしたが、苦笑してしまった。「時間はまだまだあるんだから」一瞬、その目に悲しみがよぎる。「あんたにはさ」

マリアは膨れ面をして、ドレスを少し持ちあげた――丈だって、こうやって膝が見えるぐらいがよかった。「来年にはわたし、結婚してる。そしたらどんな丈のドレスを着たって見向きもされないんじゃない？」

「わかったよ」アニタは両手をあげて降参した。「どれぐらい襟ぐりを広げたいの？」

「このへんまで」マリアは鎖骨を手で示し、それから鏡を見て顔をしかめた。「こんなドレス、大嫌い！」

「じゃあ着るのをやめて、ダンスにも行かないことね」アニタは言い、ほんとうにそうしてくれればいいのにと思った。

どんなふうにドレスを直そうと、ナルドが気に入らないところを見つけるのはわかりきっている。いやいやこんなことをやっていないで、家で泡風呂に浸かっていられたらどんなにいいかとアニタは思った。ストリッパーばりにバスタブに両手両足を預けて、甘美で淫らな妄想にふけるのも、マリアを羨む悲しい気持ちを振り払うにはいい方法だ。正直なところ――アニタは心のなかで言った――あんたはもっとナルドの妹らしくてもいいのに、ちっともそう見えない。ローブをまとわせたら、それこそ聖母マリアに見えるよ。

「ダンスにも行くな？」マリアは愕然とした。「だれがなんと言おうと、絶対に行くから！　ママにも許可をもらったんだし」そこでまた、下唇を指先でトントン叩いて考えこむ。「このドレスを赤に染められない？　赤いドレスを着たあなた、すごく素敵だったもの」

「できるわけないでしょ！」アニタはきっぱりと言った。「よしてよ、マリア。間に合うように寸法を直すだけで手いっぱいなんだって……」

「白なんて赤ちゃんみたい」マリアは文句を言った。「白を着てるのなんて、きっとわたしだけよ……」

「……ダンスに行く気なら、白のドレスを着るしかないの。さあ、いい加減あきらめて」

「じゃあ白でいい」マリアは抵抗をやめた。「でも襟ぐりはちょっとだけ広げてね」それだけは譲れなかった。いきなりアニタに抱きついて頬にキスをする。「ほんといい人ね、アニタ、大好き」

表のドアをだれかがうるさくノックしたので、アニタはこれ幸いとその場を離れ、みっともない涙を浮かべずにすんだ。もしバスタブに横たわっていたなら、別のことを考えていたかもしれない。自分がいまのマリアのようでなくなってからどれだけの時間が過ぎただろう。昔からあんなふうではなかった気もする――男と女とでは若さの価値がちがうのだと気づいたそのときから。

ドアをあけると、チノを従えたベルナルドが立っていて、アニタは温かく艶っぽい微笑で彼を迎えた。チュッと舌を鳴らしてみせると、ベルナルドはすばやくウインクを返し、すぐ無表情に戻った。

入れよとチノに肩で合図してからベルナルドは脇へよけ、アニタがドアに鍵をかけた。ぎこちなく後ろで手を組んだチノは、ひょこっと頭をさげ、囁きに近い小声で女たちに挨拶したが、まだ白いドレスでポーズをとっているマリアのことしか見ていなかった。

「きょうはどうだった?」ベルナルドは尋ねた。

「上々ね」アニタは言った。「二、三人お客が来て、アニタに頬へのキスを許したあとで、そのひとりは、うちの息子があなたたちみたいにきれいな娘さんと結婚してくれるといいんだけど、って言ってた」

「あなたみたいに、だったでしょ、アニタ」マリアが訂正した。

「そうは聞こえなかったけど」アニタは言った。「チノ、どうしてドアに寄っかかってるのよ」椅子を指さす。「そこにすわったら」

「ここは女性の店だからさ」チノは言いわけした。そわそわとシャツの襟をいじりながら、淡い色の麦わら帽で自分を扇いでいる。「昼間はたいした暑さだったよ」女性と気後れせずに話せるのは天気のことぐらいだったから、そう言った。

「昼間の話なんかやめて」マリアがチノに言った。「大事なのは今夜よ」そこで兄のほうを向く。「ねえベルナルド、今夜のパーティで素敵な時間を過ごすのが、わたしには何より大事なの」

「なんでだ？」ベルナルドは言った。チノと目を合わせて、ここへ来る途中で忠告した件でもいいから何か話せ、と促そうとしたが、チノはじっと靴に目を落としたままだ。「今夜の何がそんなに大事なんだ？」

マリアは爪先立ちでくるくるまわりだし、三面鏡に映ったマリアたちもまた、何度も何度もまわった。アニタのいるところからは、白い衣装をまとったバレエ団がダンスで無垢を表現しているかのように見えた。いまや昔のように微笑んでいる兄に向かって、マリアはスキップしていった。特別な夜になるんだからアニタの真似をしなきゃと思い、チノの頬にキスした。その肌はとても温かく、心地よかったが、それだけだった。

「だって今夜こそほんとうに、わたしのアメリカ娘としての人生がはじまるんだもの！」マリアは高らかに言った。「チノ――」その両手をぎゅっとつかむ。「わたし、今夜は踊りたい。踊って踊って踊りまくるの！　音楽が途切れてるときも！」

第4章

数年前、ある宗派の二つの信徒団が合体し、ウエスト・サイドにあった二つの教会のうち、より古くて補修に迫られているほうを売りに出した。一年近く経っても買い手がつかず、その窓がおのずと破壊の標的となるに至って、信徒団は何かに利用してもらえるならと、その教会を市当局に譲り渡した。市はそれを受けて、教会の建物を公民館に改造した。青少年や成人を対象にしたさまざまなクラブが発足し、その公民館は、配属された社会事業指導員や自治体職員が誇りを感じるほど成功しているとも、完全に失敗しているとも言いがたい状態で、どうにかこうにか活動を続けていた。

公民館はすべての地域住民に開かれているが、第一の目的は、少年少女を通りから遠ざけ、大人の指導のもとで娯楽や教育を与えることにあった。それはよく考えられた善意ある計画だったが、大きな誤算がひとつあった。公民館を利用できるすべての地域住民には、プエルトリコ人も含まれていたのだ。

プエルトリコ人も歓迎されるとわかったとたん、昔からこの地域に住んでいる大人たちは公民館に寄りつかなくなり、その子供たちをこの施設にかよわせることもほぼ不可能になった。さらには、白人の連中がボイコットした公民館など利用したくないからと、プエルトリコ人たちも離れていった。

だからほぼいつも、各クラブの部屋はがらがら、本やゲームは棚に収まったままで、バスケットボールのコートにも人影はなく、事務所に集まった指導員たちはコーヒーを前に考えこみ、この仕事を選んだことを嘆き合っていた。なんの面白みもなく、報われない仕事だと。

しかし六月のこの夜、マレー・ベノウィッツは心晴れやかに、公民館には未来があると確信していた。このダンス・パーティ企画を公表したときは、いつものごとく、なんの期待もしていなかったし、手を尽くして青少年を集めてくれるよう若い指導員たちに求めつつ、だめでも失望することはないと強調しておいた。

悲観的すぎる見方だとしても、そういう経験を重ねてきているのだから仕方ない。社会事業に携わる人たちの多くと同様、マレーはバラ色の眼鏡越しに世界を眺め、そこはどこよりもすばらしい場所だと思っていた。いまはもう、そうでないことを知っている――世界は灰色で、残酷で、希望のない場所だ。それでもマレーは、泣き叫びたくなっても笑顔を作り、若者たちに設備を壊され、壁に卑猥な落書きをされ、堅物と嘲られても、笑顔を作ってきた。彼らにグラッド・ハンド——うわべだけの歓迎者——とあだ名をつけられてもそれを受け入れ、しかもなぜか若者たちのことは本名で思い浮かべるのだった。

その夜、午後八時になると、ティーンエイジャーがどっと公民館に押し寄せてきて、マレーは手伝ってくれる指導員を新たに二人呼ばなくてはならなかった。レコード・プレーヤーのかたわらに立って、マレーはダンス・フロアの天井に張り渡した、燃えにくいクレープ紙の華やかな飾りつけに目をやった。

ダンス用のいいレコードが揃っている。パンチも冷えている。袋入りの角氷をじゅうぶん用意してあるし、カップやナプキンもたくさんある。

シャークスとジェッツの両グループが姿を見せているが、喧嘩ははじまっていない。マレーは不安におののいたが、シャークスはダンス・フロアの片側に、ジェッツはもう一方の側に固まって、両者が競い合うように踊っていた——まるで中央に透明な壁があるかのように。

まあいい、はじまったばかりなんだ、とマレーは思った。あとでほかの指導員たちの手を借りて、両方のグループを交ざらせてみるつもりだが、入場者がまだまだ途切れないので、いまは余裕がなかった。

場内をまわって、名前を覚えている若者には声をかけ、足を止めて雑談し、グラッド・ハンドと呼びかけられても笑顔で応じているうちに、ダンスが激しくなり慎みを欠いていくのに気づいたが、マレーは好きにさせておいた。男女が体をからませるダンスと異常な性行為には相関性があると常々思っている。いつか、この界隈の若者たちの信頼を得ることができたら――自分は彼らの味方で、力になるつもりでいることを証明できたら――ダンスの教師が必要だと地区主任に訴えてもいいかもしれない。

マレーが眼鏡の奥で目をしばたたきながら入口のほうを見ると、その付近にシャークスの面々が集まっていた。ベルナルドと、真っ赤なドレスを着たその恋人の姿を認めると、マレーは特ににらみを利かせておきたいその青年をみずから出迎えようと、フロアを突っ切っていった。

ジェッツが集まっているあたりを目の端でとらえると、何やらざわついていたので、さらに足を速めた。マレーが入口に着いたのと同時に、リフとアクションとトニー・ウィチェックが入ってきた。

今夜は期待が持てるぞ！　この週末は、市当局宛てに詳細で熱のこもった報告書が書けそうだ――ここへ来てようやく、推し進めてきた計画に明るい展望が見えたと。

しかし何年も辛酸をなめてきたマレーは、場の空気が張りつめだしているのに気づいた。

シャークスがベルナルドの背後に、ジェッツがリフとアクションとトニーの背後に結集していた。

聞いた話とちがうじゃないか、とマレーは思った。ドクの話では、トニーは真面目に働いていて、ジェッツと付き合うのはすっぱりやめたということだった。なのに、昔の仲間や食うか食われるかの世界が恋しくなって舞い戻ったのだろうか。

さっさと考えて、すぐにも口を開かないと、両グループはいまにもつかみ合いの喧嘩をはじめそうだった。ジェッツのメンバーが連れてきた女子二人が、脱いだハイヒールを武器よろしく構えている。

「さあ、みなさん」マレーは明るい表情をこしらえ、両手を頭上で振った。「ちょっとお聞きください。ご静聴を！」

ドアから場内を覗きこんだ制服警官に向かってマレーは片手をあげ、万事問題ない、心配無用だと伝えた。

「ありがとう」マレーは自分の呼びかけが聞き入れられたのを喜んだ。もっとも、かなりの程度、警官の存在に助けられたのはわかっていたけれど。

「今夜はまさに大盛況ですね。こんなのはしばらくぶりです。でも夜ははじまったばかり、まだ十時過ぎだ、ますます盛りあげていきましょう」そこで息をつくと、いまの意気込んだ挨拶を若者たちがふざけて真似したが、聞き流すことにした。「みなさん、楽しんでますか？」

「ばっちりよ、グラッド・ハンド！」女子のひとりが叫んだ。

「よかった、でもわたしの見るところ、フロアの別々の側に分かれて踊っていますね、あいだにグランド・キャニオンでも横たわってるみたいに」

「あらあ」男子のひとりが腰に片手を当ててしなを作った。「女の子は女の子と踊れってことかしら？　男の子は男の子と？」

「ちがうグループとも踊ってもらいたいんですよ」マレーはシャークスとジェッツのほうを指さした。「よく知り合えるようにね」

「やつらのことなら知ってる、悪臭弾マニアだろ！」シャークスのひとりが大声で言った。

マレーはまた両手をあげた。「過ぎたことは水に流しませんか。せっかくの楽しい夜なんです。お互いに仲よくなれば、もっともっと楽しい夜になりますよ。ですから、まずは交歓ダンスといきましょう。並んで二つの輪を作ってください。男子は外側、女子は内側です」

「よお、グラッド・ハンド、あんたはどこに並ぶんだ？」スノーボーイが茶化した。

マレーはしぶしぶ笑ってみせた。「いいですか。輪ができたらレコードをかけます、そうしたら男子と女子がそれぞれ逆方向を向いて……」

「やだ、エッチ!」だれかが叫んだ。

「輪になったまま歩きます」いやらしい冷やかしに負けじと、マレーは声を張りあげた。「それで音楽が止まったら全員止まって、男子はそのとき向かいにいる女子と踊ってください。わかりますね? はい、では二つの輪になって」

頬にも額にも玉の汗が浮かび、眼鏡は曇っていたが、それでもマレーは、若者たちが動きださず、ジェッツとシャークスがまだにらみ合っているのを見てとった。

派手なメイクと凝った髪型をして、もともと豊かなのか詰め物でそう見せるかした胸をタイトなドレスで強調した女子たちもまた、目で挑発し合っていた。沈黙がいよいよ重苦しく不穏になったころ、さっきの警官がクラプキとおぼしき警官を連れて戻ってきて、マレーは安堵のあまり、気恥ずかしいほど大きく息をついた。

マレーは手を振ってクラプキの名前を呼び、ジェッツとシャークスは険しい顔でにらんでくる巡査を見ると、自分たちのグループの女子を内側にして輪を作りはじめた。ベルナルドはアニタの向かいに立ち、リフはグラズィエラとペアになった。早く踊りたくて焦れていたグラズィエラが、待ちきれずに指を鳴らして音楽を催促した。

だがそれは意図した並び方ではなかったので、マレーはもう一度説明した。そしてクラプキに視線を向けると、おまえらこんな簡単な指示にも従えないのか、と一喝してくれた。

さすがにその命令にはそむけないようで、指示どおりの輪が作られ、音楽がスタートして男子と女子が逆方向に歩きだすと、マレーは手拍子をとった。「そうそう。その調子。お相手がだれになるかは、止まってみてのお楽しみ！　よしいいぞ、そこだ！」

マレーは叫び、レコードを止めるよう係に合図した。まばたきし、目を見開いたのち、がっくり肩を落とす。動きは止まって、ジェッツの男子たちがシャークスの連れてきた女子たちと向き合ってはいるものの、互いににらみ合っているだけなのだ。やがてリフが、露骨にいやな顔をして、目の前のシャークスの女子に背を向け、グラズィエラにこっちへ来いと手招きした。

それはいわれのない侮辱で、先にそれを思いついたのがジェッツだったからよけいに、シャークスは憤激した。人前で辱められた怒りに震えながら、ベルナルドは指を鳴らしてアニタを呼び、男子たちはまた真っ二つに分かれて、女子たちもそれに続いた。

マレーはすぐさま次のレコードをかけるよう合図を送り、情熱的で激しいマンボの曲がフロアに鳴り響くと、やれやれと息をついた。こんな音楽が若者たちを落ち着かせるとは、奇妙なものだ。マレーは知らずしらず人類学に根拠を求めていた。音楽はときとして野蛮人を陶酔させるが、それこそがいま必要なことだった。彼らを音楽に酔いしれさせ、憎しみをいっとき忘れさせることが。このあと、パーティが終わって、ジェッツとシャークスが会場を出ていけば、もう何が起ころうとマレーの責任にはならない。

　マレーは身を震わせた。クラプキに地下鉄の駅まで車で送ってもらい、無事に帰りの列車に乗るのを見届けてもらえまいかと、本気で考えた。まったく、因果な稼業だ！

　ダンス会場に着いたそのときから、トニーは場ちがいな感じがしていた。自分はひとりで来ているが、ほかはみんな彼女連れだった。それにベルナルドとシャークスを見ても、リフとジェッツを見ても、知らない世界の連中のように思えた。入口へ引き返してもだれも気づかないだろうし、そのまま出ていってしまおうか。リフがベルナルドに決戦を挑むなんてばかをやるなら、勝手にやればいい。

　そのとき、白いドレスの娘が壁にもたれて立っているのに気がついた。トニーが見ていると、彼女も見返してきて、帰ろうという気はすっかりなくなった。まるで導かれるように、トニー・ウィチェックはマリア・ヌニェスに近づいていき、その暗色の目を覗きこみながら両手を差し伸べ、彼女の両手で別の国へと誘(いざな)われた。

　マンボが終わると、もっと軽やかでスローなレコードがターンテーブルに載せられた。いつしかダンス・フロアに出ていたトニーは、彼女の指を優しく握って、そのハート形の顔を、濡れたような茶色の瞳を、軽く口紅を塗った可愛らしい唇を見おろした。そして彼女のドレスを好ましく思ってうなずいた。それは白のドレスで、ほかの娘たちが着ているものとはまるでちがっていた。

トニーの指は彼女の背中にかすかにふれていて、彼女もまたトニーの肩にごく軽く手を乗せていた。彼女をターンに導くとき、トニーが背中をしっかり支えると、彼女は身を震わせ、離れていきそうに見えたので、トニーはほんの一瞬指に力をこめ、すぐにゆるめた。

何も怖がらなくていい、とトニーは彼女に言った。まるきり馴染みのない世界だけれど、それは確信できた。そこは緑の野原と、暖かな風と、色鮮やかな鳥たちと、芳しい花々からなる優しい国だった。雲の上を歩こうと、落ちることはない。音楽は聞こえているけれど、それは遠い彼方から流れてくるかのようだった。

マリアは心臓が破裂しそうだった。頭上の照明が薄暗いのは、いま一緒に踊っているこの白人の青年をよく見えなくするため？　それになぜ、わたしはこの人が怖くないの？　なぜこの人は、ベルナルドが白人について言ってるような目つきやふるまいやしゃべり方をしないの？

暑い夜で、マリアは汗が背筋を伝い落ちるのを感じた。でもこの青年の指はひんやりしている。踊り方にも余裕があって、くっついてきたりしない。白人は踊るとき〝腰を密着〟させようとするんだ、とベルナルドが言っていた。でもベルナルドがアニタと踊るところや、シャークスのメンバーがそれぞれの彼女と踊るところを見ていたかぎり、ジェッツの人たちと何もちがわないように思えた。

「おれをだれかと勘ちがいしてないよね？」彼がそう訊いていた。とてもシャイな感じの、いい声だ。

マリアは首を横に振った。「してない」

「それとも、前に会ったかな？」嬉しくて叫びだしそうなのをこらえて、トニーは訊いた。この娘はまだ一緒にいてくれる。いまはそう確信していた。ここはそういう世界でなくては——二人でそこに足を踏み入れ、二人でそこにいるのだ、永遠に。

「会ってないはず」マリアは答えた。「わたし……このパーティに来てよかった」

「おれもだ。実は、もう帰ろうとしてたんだけど。そしたらきみを見つけて、これが答えだったのかと思った」

マリアは怪訝な顔をした。「答えって、なんの？」

頭で考えるのと、それを言葉にするのとはまったく別のことだ。トニーは唇を湿らせ、ゆっくりと切り出した。「どう言ったらいいかな。この二、三カ月、あれこれ自問してたんだ。おれは何者なのか。何をしてるのか。どこへ向かってるのか。何かでかいことがこの身に起こるだろうかって。どーんと落ちこんだりもする……つまりその……悲観的になるんだ、おれの将来の見通しは甘いんじゃないかって。言ってること、わかるかい？」

「なんとなく」マリアは真面目に答えた。この人、なんて素敵な目をしてるんだろう。そういう気持ちを、こんなにうまく説明してくれた人はいままでいなかった。「ええ、よくわかる」と付け加え、ためらったのちに、思いきって言った。「わたしも飛行機に乗っててそんなふうに感じたの」

「飛行機は乗ったことないんだ」トニーは言った。「羨ましいな」

気がつくと音楽がやんでいて、トニーには願ってもないことに、ちょうど近くの隅にベンチがあった。二人で腰をおろすと、トニーは話を続けた。「きみって、おれが話しだす前から、何を言おうとしてるかわかってくれてるみたいだ」マリアの指がベンチの端に置かれていて、トニーはそれを自分の手で覆った。「冷たいな」

「あなたのも」マリアは空いたほうの手をそっと持ちあげ、夕方チノにもそうしたように、彼の頬にふれた。チノより肌はざらっとしていて、そう熱くはないのに、指先に電気でも走ったように感じた。「頬は温かい」

トニーは思いきって彼女の顎先にふれた。「きみも温かいよ」

「だって当たり前よ」マリアは微笑んだ。「同じ空間にいるんだもの。ここは暖かいし、ええと――」

「蒸し蒸しする？」トニーは言葉を補い、彼女がうなずいたのでほっとした。

「そう」マリアはありがたく思った。「でもやっぱり、気温の暖かさとはちがう」

「そう聞いて、いま何が見えたと思う？　花火だよ」マリアがうなずくのを見て、トニーは続けた。「ばかでかい回転花火とロケット花火。でも音はしなくて、光だけなんだ。ほらあそこ――」人差し指で軌跡をたどる。「見える？」

「ええ」マリアは言った。「きれいね」

「からかってるんじゃないよな？　おれをばかにするために言ってない？　ほんとうに見えるのかい？」

マリアは胸の前で十字を切った。「そんなふうにからかうのにはまだ慣れてないし、それに……」

「……それに？」

「慣れたってばかにしたりしない」

ロケット花火がいくつも上昇し、交じり合ってハートや星の火花を放ち、やがて光の滝となって流れ落ちた。彼女の手が口もとのすぐそばにあったので、トニーは衝動的に、その手のひらに唇を寄せた。そうしながら、彼女が震えているのを感じた。

　トニーは身を乗り出し、彼女の髪の可愛いヘアバンドと軽い香水のにおいを感じながら、魔法の国の境界を越えてしまわぬよう、とても優しく、唇にキスした。そのとき、荒々しく肩をつかまれるのを感じ、ベンチから落とされそうになった。

　何年も路上で喧嘩をしてきただけあって、ふいの攻撃にも瞬時に体が反応し、トニーは軽々立ちあがった。そして両手の拳を固めたが、敵にパンチは浴びせずに終わった。ベルナルドがこちらに背を向けて、ベンチにすわった彼女を見おろしていたからだ。

　二人だけの魔法の国が、目の前で崩れ落ちた。そういえば、彼女はベルナルドと一緒に会場に入ってきた。まだ名前も知らない、白いドレスのその娘は、ベルナルドの妹なのだ。トニーは途方に暮れ、生まれて初めて見つけたかけがえのないものを失うことになるのかと、恐怖におののいた。

「帰れ、アメ公」ベルナルドはトニーに唾を吐きかけた。

「落ち着けよ、ベルナルド」トニーは言った。そして彼女に、大丈夫、喧嘩はしないから安心してくれ、と右手のしぐさで伝えた。

　ベルナルドは唇をゆがめた。「おれの妹に近寄るな！」そこでマリアを振り向く。「こいつが連中の仲間だってわからなかったのか？」

「ええ」マリアは答えた。「わたしが見たときはひとりだったし、この人、何も悪いことしてない」

ベルナルドは指を鳴らしてシャークスを呼び集め、チノも急ぎ足でダンス・フロアを横切ってきた。「言っただろうが」とマリアを責める。「あいつらがプエルトリコ娘に近づく理由はひとつしかないって！」

「でたらめ言うな」トニーが言った。

「だよな」リフがトニーのかたわらに来て、調子を合わせた。「とんだ言いがかりだ」

チノがベルナルドの肩を叩き、前へ進み出てトニーと向き合った。びくついて見えないよう、蒼白だが沈着な顔をして、背の高い白人をねめつけた。「失せろ。彼女に手を出すな」

「チノ、おまえの出る幕じゃない」トニーはそう言うと、彼女が帰ってしまうんじゃないかと心配になり、慌ててそちらを向いた。

ベルナルドがマリアの手首をがっちりつかんで、彼女を自分の後ろに隠した。「いいか、よく聞け……」

「……おれが聞いてやる！」リフが前へ出ていった。「いますぐ片をつけたいってんなら、おまえら全員外へ……」

マレー・ベノウィッツが、怒鳴り声になるのを承知で、自分に注意を引きつけた。「きみたち、よしなさい！　文句なしにいい雰囲気だったのに。揉め事なんか起こして面白いですか？　さあさあ、楽しく過ごしたって損はしないでしょう」右手を高くあげ、また音楽をかけるよう大急ぎで合図する。「みんな、踊ってくださいよ。わたしのためにも」

妹の手首をつかんだまま、ベルナルドは彼女をシャークスが占拠しているフロアの脇へ引きずっていった。空いたほうの手はポケットに突っこんでいたが、そうしていないと妹を殴ってしまいそうだった。

これほどひどい裏切りに遭ったことはいままでなかった。信頼し、愛していた人間に背中をナイフでぐさりとやられたようなものじゃないか。しかも妹は、だれのためにそんなことをした？　ウエスト・サイドの白人どもとつるんで、おれたちの同胞を大勢痛めつけてきたポーランド野郎のためだ。

「おまえをこっちへ呼び寄せたのがまちがいだった」ベルナルドはなおも手首をつかんだまま、マリアに怒りをぶつけた。「やつらに近づくなときつく言っといただろう。どうしちまったんだ、おまえはもうスペイン語がわからないのか？」

チノがマリアにハンカチを差し出し、彼女はそれを目に押し当てた。「そう怒鳴るなよ、ナルド」

「赤ん坊には怒鳴らなきゃ通じないだろ」

「そんなの怯えさせるだけよ」マリアの肩に腕をまわしながら、アニタが言った。

「黙ってろ」ベルナルドはだれの口出しも許さなかった。「チノ、こいつを送ってってくれ。どこの店にも寄らず、まっすぐ家に帰すんだ！」

マリアはハンカチを目から離した。「ベルナルド、お願い、わたしの初めてのダンスなのよ。あの人は別に何も……」

「おれの妹じゃなきゃこれぐらいですまないところだ」ベルナルドは腹立たしげに言った。

「さっさと連れて帰ってくれ、チノ」

これ以上何も言うことはないと思い、ベルナルドは踵を返して足早にパンチ・ボウルの前まで行くと、冷えたパンチをカップですくってがぶ飲みした。どう見ても争いは山場を迎えていて、そろそろけりをつけてしまいたかった。妹を悲しませているのは承知だが、あいつは罰を受けて当然のことをしたのだ。

鼻孔を膨らませ、ベルナルドはジェッツをにらみつけながら唾を吐いてみせた。おまえらは汚物——いや、汚物以下だ。ふれるものすべてを、ことに女を汚物にしてしまう最低の汚物だ。すべての聖なるものにかけて、プエルトリコ娘には指一本ふれさせない。おれが生きていて、殴り殺すなり刺し殺すなりできるうちは。

ジェッツが集結しているのが見え、シャークスも身構えはできていた。入口で、チノが振り返って手を振ってきたので、首を縦に振って、マリアを早く連れて帰るよう促した。またカップをボウルに突っこんで、今度はゆっくりとパンチを味わう。思ったほど心臓は暴れておらず、至って冷静な、いつでも来いという心持ちだった。

今夜、最後の対決をすることになりそうだが、それも悪くないと思った。月曜の朝が来れば、このあたりのプエルトリコ人はみんな安心して歩けるようになるだろう。ディーゼルがリフに話しかけているのが、カップの縁越しに見えた。二人ともトニーを指さして満足そうにしている。だがベルナルドは、あのでかいポーランド野郎がマリアを見つめつづけているのが気になった。いやらしさはなく、敬意のこもったまなざしだ。あいにくマリアは、いやでもやつらの正体を知ることになるだろうが、それも仕方のないことだ。

ベルナルドとシャークスがジェッツを侮辱したわけではなかった——こっちは、まぬけなグラッド・ハンドの言うとおりアメリカ娘と踊る気にさえなっていたのだ。だからベルナルドにも、シャークスのだれにも責任はない。なのに片をつけたいだと？　上等じゃないか！　そっちがその気なら失望させはしない。

ジェッツが決戦を挑む気でいると耳にしていたから、ベルナルドはこのダンス・パーティにシャークスのメンバーを勢揃いさせたのだった。果たしてジェッツも、期待どおりに顔を揃えた。唯一のまちがいは、マリアがパーティに来るのを許したことだった。と言っても、マリアの楽しい時間を台なしにしたのは、ほかでもない、あの白人野郎だ。

ジャケットのボタンをきっちり閉め、ポケットに両手を突っこんで、ベルナルドはフロアを横切り、リフの十フィート手前で足を止めた。背後でペペとインディオとトロが油断なく目を光らせているのは、見なくてもわかる。

「おれを探してたんだってな」

リフはゆっくりとうなずき、ベルナルドに向けた視線を、爪先の尖ったぴかぴかの靴の先から、ネクタイの固い結び目まで這わせていった。「そうだとも」リフは言った。「おれたちジェッツは、そっちの軍使に話があるんでな――そんなのがいればの話だが」

「それなら喜んで」ベルナルドは言い、腰を折り曲げて堅苦しく一礼した。たとえ喧嘩の相談でも、紳士はどう事を運ぶものかを白人どもに教えてやるつもりだった。

「外へ出ようじゃないか」リフが言った。

ベルナルドはアニタ、ステラ、マルガリータその他の女たちを右手で示してから、リフに皮肉な笑みを返した。「おれもうちのメンバーも、女性を置き去りにはしないんだ。どこかほかで会えないかな――一時間後に?」

「ブロックの真ん中にある駄菓子屋の前は?」リフが提案した。

「おれのアパートの隣の駄菓子屋じゃだめなのか?」短く笑って、ベルナルドは言った。

「なら〈コーヒー・ポット〉の前にしよう、あそこは中立地帯だ。場所はわかるな？　それとも、わかるように悪臭弾を落としといてやろうか？　あそこのアメリカ人の店主は気にもしないだろうよ」

「〈コーヒー・ポット〉だな」リフはうなずいた。「それまではいっさい手出しなしだ」

ベルナルドはシャークスの面々を親指で指し示した。「おれたちはルールを心得てるよ――原住民の坊や」吐き捨てるように言う。

「そんな言葉をよくご存じで」リフは言い、ディーゼルのほうを向いた。「みんなに教えてやれ」

ディーゼルは親指と人差し指で輪を作った。「はいよ、親分」そこでベルナルドに目配せする。「てめえの口にこの拳を引き合わせてやるのが待ちきれねえな」

「無駄口叩くな」リフはディーゼルに命じた。「女たちを家に送ってくぞ」あたりを見まわすと、トニーがまだいたのでほっとした。じっと入口を見つめている。「トニー！」呼びかけて指を鳴らした。「こっちだ」

聞こえたのか聞こえなかったのか、リフが親友だと思っているその男は、霧に巻かれたかのように、ぼうっと入口のほうへ歩きはじめた。あいつ、やっぱり変だ、とリフは思った。まちがいなく壊れてる、頭のどっかが。

だが、これも自分の胸にしまっておくことにした。何も訊かれないよう、アクションとディーゼルに向きなおって言った。これから武器庫へ行って、どれでも運び出せるよう準備しておく。ベルナルドがどんな武器を指定してくるかわからないからだ。だが何を選ぶにせよ、あいつは後悔することになる。

まずは大事なことからだ――公民館前の歩道ではっとわれに返って、トニーは思った。とにかくここを離れよう、リフやジェッツのやつらに捕まって朝まで付き合わされてはたまらない。

彼女の名はマリア、ほんとうに美しい名前だ。それを聞くだけで、あらゆる心愉しい音――耳に快い教会の鐘、鳥の優しいさえずり、恋人たちの低い囁き、トニーが働きだしてからの母親の話し方――が思い浮かぶ。なぜか、夏の夜空に輝く星々さえも明るく見える。ついに見つけたのだ、ずっと探していたものを、つかめそうでつかめなかったものを。

そう、彼女はベルナルドの妹だ。何がまずい？　まずいことだらけだ。まずい、とびきりまずい、これ以上にまずいことがいままであっただろうか。でも映画なんかを観ると、家族の考えがどうであれ、当の彼女はちがった考えを持っていることが多い。マリアもそうだとトニーにはわかった。

もう一度彼女に会って、それをたしかめなくては。ベルナルドの妹だから住まいも知っているし、一家の住むアパートの戸口まで行き、呼び鈴を鳴らしてマリアを呼び出すことができたら、その場で寿命が十年縮まってもかまわない。

トニーは近くのアパートの暗い玄関口にたたずんで、リフとジェッツのメンバーとその彼女たちが通り過ぎるのを見送った。スノーボーイが、ベルナルドと手下どもを待つあいだ〈ポット〉でコーヒー飲んでようぜと言い、グラズィエラがリフに、あたしたちに何かできることない？　と訊いていた。

「いろいろあるさ」ジーターが言った。「けど、それはあとの楽しみにとっとく」

「そんな元気が残ってると思うわけ？」ポーリーンが冷やかした。

「〝もうやめて〟っておまえに叫ばせるくらいにはな」ジーターが言い、さっと彼女の尻を撫でた。

彼らが角を曲がっていくのを、トニーはじりじりしながら待った。ようやく暗がりから出ていくと、道路脇をずんずん歩いて、ベルナルドの家族が住むアパートまで来た。どの部屋かまで知っていた。六、七カ月前、トニーとジェッツは、ベルナルドの自宅に押し入って、本人の縄張りのど真ん中で痛めつけてやろうかと本気で考えていたからだ。

その計画では、トニーが屋上伝いにアパートへ到達して裏の非常階段をおりていき、窓を蹴破って侵入、リフとディーゼルとほかのメンバーたちは戸口の錠を銃で撃ち壊してなだれこむという手はずだった。

このあたりの集合住宅はどこもほぼ同じ造りなので、非常階段に出る窓があるのは寝室のはずで、そこが問題だった。マリアの両親がその寝室で眠っているとしたら？

運にまかせてやってみるしかない、そう思ってトニーは裏庭に至る通路に駆けこみ、しばし立ち止まって自分の位置をたしかめた。

暗闇に目が慣れてくると、物干し綱と、ところどころにまとまりなく干してある洗濯物が見てとれた。息をはずませながら、トニーは非常階段の梯子の下までごみバケツを移動させた。慎重に蓋の上にのぼり、それでも手が届かない梯子めがけて、勢いよく跳んだ。ごみバケツが倒れたが、寝静まったアパートの住人はだれも目を覚まさなかった。そんな物音にはもう慣れっこなのだ——近所の犬や猫が餌を漁りまわっているから、ごみバケツがひっくり返されるのはいつものことだった。

一段一段、トニーは腕の力で体を引きあげていき、やがて梯子のいちばん下の段に膝がふれた。そこから速い足運びで三階に達すると、今度はゆっくりのぼりはじめた。

ヌニェス家の非常階段に通じる、傾斜の急な鉄の階段のところでトニーはいったん止まった。それから思いきって中ほどまでのぼった。それとも、窓の上あたりまでのぼってしまったほうがいいだろうか？　そうすれば、最悪の場合でも、屋上にはすぐ出られる。いやだめだ、屋上で立ち往生するかもしれない。下の暗がりに逃げこむほうが安全だろう。

そんな夜中に、突然電話のベルが鳴った。裏庭の向こう側でトイレの水が流され、うがいのような音に続いて古いパイプががたがた震えた。フェンスの上で猫がミャーと鳴き、川では艀（はしけ）を曳いた船がもの悲しく汽笛を鳴らし、赤ん坊が泣き叫んでむずかりつづけた。

トニーはポケットから小銭を引っぱり出すと、すばやく祈ってから、窓に一枚投げつけた。硬貨がガラスに当たって冴えた音を立てる。暗い部屋のなかで人が動く気配がしないか、トニーは息を詰めて待ち受けた。

「マリア」小声で呼んだ。「マリア……」

自分の見たものが信じられず、トニーはまばたきした。白い人影が窓辺に現れ、窓を広くあけようとしている。それはマリアだとわかり、梯子を六段——一度に三段ずつ——のぼって、また名前を呼ぼうとしたが、彼女が唇に指を当てたのでやめた。「シーッ」囁き声がした。「とにかく、名前を教えて」

「トニーだ」彼は窓枠に膝をついた。「アントン・ウィチェック。ポーランド系だ」

「素敵な名前ね」マリアはまた囁き声で言った。「でも、もう帰って」

「帰る？　来たばかりなのに。じゃあ、どこか話のできるところへ行こうよ」彼女はまだ白いドレス姿だが、髪はほどいてあり、ふんわりしたウェーブが顔を縁取っていた。「おれたち、話をしなきゃ」

マリアは首を横に振った。「帰らなきゃだめ」

「おれを帰らせたいのかい？」

トニーは彼女の手をとって、自分の高鳴る胸に当てた。「これをどうすればいい？」

マリアは身を固くし、黙って窓枠に腰かけた。「できるだけ静かにしてね」

「止めるわけにいかないでしょ」マリアは急に振り返って、奥の様子をうかがった。「やっぱり帰って。もしベルナルドが……」

「まだパーティ会場にいるよ」トニーはそう言ったものの、ほんとうはちがうのを知っているので気が咎めた。

マリアはうなずいた。「でも、じきにアニタを送ってくるわ」

「アニタはベルナルドにとって、おれにとってのきみみたいな存在なのかな」トニーは臆せず訊いた。

「だと思う」

「なら、まだ帰ろうとはしないよ」トニーはこの理屈に満足した。「さあ、屋上へ行こう、ほんのしばらくでいいから」さらに付け加える。「話をするだけだ、誓うよ」

「信じるわ」マリアは安心させるためにそう言った。「でも、もしベルナルドが帰ってきたら……。なぜ兄さんはあなたを憎んでるの？」

「憎む理由があるからさ」もう一度、出会ったときのように、トニーは彼女の両手をとった。「そのことをきみに話しておきたい。頼む、大事なことなんだ。階下へおりて玄関から来てほしいっていうんじゃなければ。それがきみの望みなら、そうするよ」

マリアは身をそらせて、下がまる見えの非常階段と屋上への梯子に目をやった。「しっかりつかまえててくれる？」

「命がけでね」トニーは誓った。

二人は手をつないで静かに非常階段をのぼりはじめた。先を行くマリアに、下を見ないで、上だけを、星だけを見て、とトニーは囁き、梯子に差しかかると、その両脇をつかんで彼女の体を腕で囲うようにした。

一歩一歩のぼりつづけ、ようやくマリアが屋上の手すりに達した。彼女は防水用のタール紙が張られた屋上をはずむように横切りながら、またくるりとまわった。この瞬間をダンスで祝いたかったから。

彼の腕はなんてたくましくて、なんて心強かったことか。怖がらないで、下を見ずに頭上の星だけを見て、そう囁く彼の声は、なんて優しかったことか。

マリアは裸足でトニーに駆け寄り、彼の両手をつかんだ。無言のまま、二人で輪を作ってくるくるまわりながら、髪がなびいて顔や口にかかるとマリアは声をあげて笑い、動きを止めて彼の腕のなかに身を預けた。

「一分だけね」マリアは言った。

「ああ、一分だけ」トニーが応じた。

マリアは微笑んでトニーを見つめた。「一分じゃ足りない」

「じゃあ一時間だ」トニーは微笑みを返し、そして真面目に言った。「そのあとは永遠に一緒にいよう」

夜が時間を教えてくれるかのように、マリアは耳をそばだてた。「無理よ」と言いながらも、彼の腕のなかから抜け出そうとはしなかった。

「おれは朝までここにいてもいい」トニーは続けた。「それで朝食の席に招いてくれるなら、きみのご両親に挨拶するよ。おれを気に入ってくれそうかな?」

マリアの憂いを感じて、トニーはすまなく思った。それでも二人で、変えられない事実やいまの状況と向き合わなくてはならない。それらをあるべき形にする術を探るために。

「おれはきみのお母さんが好きだよ、きみのお母さんだから。お父さんも、きみのお父さんだから……」

「妹が三人いるの」マリアが口をはさんだ。

「いいね」熱をこめて言った。「妹さんたちのことも好きさ。きみの友達や親戚も、そのまた……」

「ベルナルドが抜けてた」

トニーは深く嘆息した。「あいつも好きだ、きみの兄さんだから」

「じゃあ、わたしのママもパパも妹たちもベルナルドも、わたしの肉親じゃないとしたら？　だとしたら全員憎むの？」

「マリア、おれを突き放さないでくれ。きみの言うとおり、そこまで考えなきゃいけないのはわかってる。頼むよ、マリア」トニーはひざまずいて、マリアのほっそりした腿に頭を預けた。「どうか助けてくれ。きみを離したくないんだ。絶対に」必死に繰り返しながら、まわした腕に力をこめた。「ここへだれがあがってこようと、だれに見られようと、人に何を言われても何をされてもかまわない。きみを離さない」

「トニー、お願い、立って」マリアは彼の頭にそっと手を置いて撫でた。短くて剛い（こわい）その髪は、長く伸ばせば絹のように柔らかくなめらかになりそうだった。「あんなこと訊くつもりじゃなかったの」

「訊いてくれてよかったよ」トニーは立ちたくなかったが、やはりしっかり目を見て話すことにした。これから言うことにはいっさい疑いを抱いてもらいたくない。「ベルナルドたちがここへあがってきて、この心臓をえぐり出そうがおれはかまわない。きみといられないなら、命なんて要らない」

「そんなこと言わないで」マリアはトニーの唇に指を当てた。「あなたといられないなら、わたしだって生きていたくない」

「本心かい？」

「そうよ！」マリアは言い、トニーの顔を両手ではさみ、爪先立って唇にキスした。穏やかだけれど、トニーの想像していたとおり、魔法のようなキスだった。「本心よ」囁きながら、トニーにしがみつく。「わたしたち、一緒にならなきゃ。でも今夜は帰って。これからどうすればいいのか、ひとりで考えたいの」

マリアは真剣だった。にわかに自分が彼よりずっと大人びて、ずっと世慣れたような気になり、二人の住む荒れ野の険しさを理解した。早く部屋に戻って考えないと。「いまは考えるの、それが何より大事よ」

「おりるんなら手伝うけど、今度も上を見てなきゃだめだぞ」

「下を見たって、もう大空しか見えない」

「それと星だな」トニーが付け加えた。

「それに月も。太陽も」

「夜なのに太陽まで見えるのかい」トニーは急に口調を変えた。「あした会わないか？　お互いどんなことを考えたか、これからどうするか話し合おうよ。どこに行けば会える？　何時がいい？」

「セニョーラ・マンタニオスのブライダル・ショップの場所を知ってる？　わたしの職場なんだけど」トニーがうなずくのを見て続けた。「お針子をしてるの」

トニーは彼女の手を自分の頬に当てた。「針には気をつけて。怪我でもしたら大変だ。で、何時に行けばいい？」

「六時は？」

「六時だね。ところで、きみはどっちが好きかな、トニーとアントンなら」

「どっちも好き」ちょっと考えて、マリアは続けた。「でもアントンのほうが詩的ね。テ・アドーロ、アントン。愛してるって意味よ」

トニーは額をぴしゃりとやって、眠っている初歩のポーランド語の知識を呼び覚ました。

「マリア、ヤ・コハム・チェ。これはポーランド語。響きはあんまりよくないけど、きみが言ってくれたのと同じ意味だよ」

「キスして」マリアは言った。「わたしたちにとっては覚えたての言葉だけど、二人ともうまく話せるわ」ふたたび星を見あげた。「あそこにも――」と明るい星のひとつを指さす。「屋上に立ってる若い二人がいて、わたしたちのことが見えてて、声も聞こえてたとしても、何を話してるかはわからないでしょうね。でも、わたしたちがキスするのを見れば、わかるはずよ」

「おれがきみを愛してることが」トニーは言い、彼女の口に自分の唇を重ねた。

「わたしがあなたを愛してることも」マリアはつぶやいた。風が二人を空高く舞いあげ、星々のもとへ連れていった。

できることなら眠らずに、今夜の出来事を何度も何度も思い返していたかったのだが、ものの数分で眠気に包まれ、マリアはうとうとしながら、わたし眠いの、だれだか知らないけど、邪魔しないであっちへ行ってよ、とつぶやいた。

「起きて、マリア。アニタよ」耳もとで囁く声がした。「起きてってば！」

恐怖の冷たい手に喉を締めつけられたかのように、マリアはがばっと身を起こした。

「驚いた、どうしたの？」

「どうもしないけど」アニタは囁き声のまま続けた。「ベルナルドが、屋上にあがってこいってさ。みんな集まってる――チノも、ペペも、インディオも。女の子たちもみんな。

別になんでもないの、あそこでパーティしてるだけ。急にパーティ嫌いになっちゃったわけ?」

マリアはほっとして、あくびと伸びをすると、寝起きの髪に手櫛を通した。「眠ってたのに」夢のなかに戻りたくて、迷惑そうに言う。「それにまた着替えなきゃ」

「いまどきの服は着替えに一分もかからないでしょ」アニタはくすくす笑った。「さっさとして、待ってるから」

「ベルナルドは怒ってる?」マリアは訊いた。

アニタは唇を結んで、片方の肩をちょっとすくめた。「彼が怒ってないときなんてある? マリア、お願い、早くして。ナルドを狙ってる女の子がほかにもいるのよ。ヒールの靴とかストッキングはいいから。履き古しのぺたんこ靴で平気だって」

チノが空の卵ケースに載せた小型トランジスタ・ラジオのまわりで、靴を脱いだ何人かの男女が靴下やストッキングだけで踊っていた。だがベルナルドは、手すりに肘をかけてぷかぷか煙草を吹かしながら、冷めきった目で眼下に広がる街を見つめていた。

この街はこんなに広く、果てしないのに、ベルナルドがちっぽけな居場所を見つけることさえ許さない。ここでどんな人生を築いていけるというのか。大切なものも、誇れるものもない自分が。自分はしくじってもいい、だがそのしくじりのせいで、ほかのやつらも苦しむことになるのはやりきれない。

「やっと来たか」ベルナルドは妹の挨拶に答えた。「呼んだのがあのポーランド野郎なら、すっ飛んで来てたろうにな」

「寝てるとこを起こしたのよ、ナルド」マリアをかばって、アニタが言った。「なんでもすぐじゃなきゃ気に食わないみたいね」

ベルナルドは手を伸ばしてアニタの胸をつねる真似をした。「いつから文句を言える立場になった？」妹の前だったことにはっと気づき、指を鳴らして話を変えた。「マリア、おまえに言いたいことがある。兄というより、おじみたいな立場で」

アニタは腕を組んで胸を隠した。「どんなおじさんよ！　マリアにはちゃんと両親がいてよかったね！」

「娘と同じく、この国のことをわかってない両親がな」

「いつからそんな識者になったわけ？」アニタがやり返した。

コンスエロと踊っていたペペが口をはさんだ。「ナルドにまかせとけよ。あいつは世のなかを知ってる」

「だったらアメリカについての本でも書けば？」アニタは言った。「ま、あんたたちのだれも、そんなに賢くないか。この国じゃ、女にだって男と同じくらい楽しむ権利があるのよ。女はだれでも好きな相手と踊っていいの、アメリカじゃね」

「さようで？」ベルナルドは仰々しくお辞儀した。「プエルトリコはアメリカの一部じゃないみたいにおっしゃいますな」

「そうよ、移民根性の抜けないあんたにとってはね」アニタは言い放った。「だからってあたしのこと悪く言ったら承知しないよ。この国で、あたしはアメリカ女になったんだから。それが気に入らないんなら……」

ベルナルドは煙草を投げ捨て、アニタのうなじに右手を伸ばして髪に差し入れた。指を広げて頭をぐっと引き寄せ、アニタの唇を奪う。

「気に入ったか？」唇を離すと、ベルナルドは訊いた。

アニタはまぶたをひくつかせた。「気に入った」

「なら行儀よくしてろ」ベルナルドは言い、アニタを脇へ押しやって、チノを手招きした。

「チノ、家まで送ったとき、妹の様子はどうだった？」

チノはぎこちなくそばへ近づいた。「別に。ちょっと動揺してたかな。けど、マリアはやつと踊ってただけだし」

ベルナルドの態度に呆れて、アニタは両手で彼を突き飛ばした。「なんでそんなにあれこれ質問するのよ。警官か何かのつもり？　妹のことを心配するのはけっこうだけど、自分の恋人とその将来のこともちょっとは心配したらどうなの。マリアのことはチノと――あの子のママとパパにまかせとけばいいでしょ。二人とも、息子はまともに育てそこなったみたいだけど」そう言ってベルナルドをにらみつけたが、色男ぶりに翳りを添える、眉根を寄せたその目つきに惚れぼれして、思わず頬がゆるんだ。「でもマリアはいい子に育ってる。ほら見てよ！　この子相手にあんな下品なこと考えたり言ったりして、よく恥ずかしくないね！」

「あの二人はマリア以上になんにもわかってないんだ」ベルナルドは言った。「アメリカじゃまだ赤ん坊みたいなもんだ――三人ともな」

「でもマリアは踊ってただけ」アニタは言った。「それはみんなが知ってる」

「踊ってただけ」ベルナルドはアニタの口調を真似た。「アメリカ人面したポーランド野郎とな」

アニタはベルナルドに指を突きつけた。「そう言う自分だって、生粋のアメリカ人に言わせりゃ〝スピック〟でしょ」

「可愛げのない女だな」ベルナルドは腐した。

「へえ、いつから？」アニタは平気だった。ベルナルドの目を見れば本心はわかったからだ。「あんたは訊かないだろうから、教えてあげる。あたし、トニーは魅力あると思う。

それに働いてるし」

　チノが手をあげて注意を引いた。「配達係だけどな」星を見つめているマリアにちらりと目をやる。「配達係の先の見こみは？　便利屋が関の山だ。訊かれる前に教えとくよ、アニタ――」とお辞儀する。「見習い工はいずれ職人になる。組合の正会員にな」

「おい、黙ってろ、チノ」ベルナルドが苛立たしげにさえぎり、新しい煙草を箱から抜いて火をつけた。「あのろくでもないポーランド野郎は、組合に入りたきゃおまえより先に会員になって、おまえより稼ぐようになるんだ、なんたってアメリカ人だからな」

「そんなことない」マリアは兄をさえぎった。黙っていればいいのはわかっていた。黙ってじっと聞いていればいいことは。でもベルナルドがトニーを憎んでいるのはさんざん聞かされて知っていたし、こんなふうに考えたり話したりしつづけても、ますます憎くなるだけだろう。

　マリアがするべきことはたくさんあるけれど、なかでも特に大事なのは、ベルナルドの激しい憎悪をどうにかすることだ。いまのベルナルドは憎むことと破壊することしか頭にない。マリアは故郷の神父さまが言っていたことを思い出した――剣によって生きる者は、剣によって死ぬ。

「トニーがアメリカ生まれなら、彼はポーランド人じゃない」マリアは言った。「たとえアメリカ生まれじゃなくても、アメリカに来たいと思って来たなら、外国人とは言えない。彼もわたしたちと同じアメリカ人よ」

アニタやほかの女たちの拍手が鳴りやむのを待ってから、ベルナルドはわざとらしく妹にうなずいた。「なあマリア、おまえはそう考えてるかもしれないが、向こうはちがうぞ。あいつの考えてることはひとつしかない。おまえはプエルトリコ娘だからちょろいと思ってやがるんだ！」

「そんな言い方ひどいよ！」アニタは大声を出し、マリアに腕をまわした。「謝ってよ。マリアにだけじゃなく、ここにいる女たちみんなに」

「何を謝るんだ？」ペペが訊いた。

「もういい」アニタは脱力して言った。「あんたたちにはまだわかんないだろうけど、あたしたち女には今夜わかったことがあるよ」

「どんなことだ？」ベルナルドが訊いた。

アニタは両方の手でマリアの耳をふさいだ。「あたしたち女は心を開いてここへ――アメリカへ――来たけど、下劣なあんたたちは、あたしたちが股も開いて来たと思ってるってこと！」

「そうじゃなかったのか？」ペペが言った。

「ブタ野郎！」アニタはペペの横面をぴしゃりとはたいた。「あんた、いまにプエルトリコへ送り返されるよ。早くそうならないかね、手錠をかけられてさ」

ペペは笑いながらアニタの鼻を人差し指ではじき、彼女がむやみに振りまわした両手をかわした。ベルナルドはマリアを脇へ押しやり、ほかのみんながペペとアニタをやんやと囲み、アニタはスペイン語でペペにわめき散らした。

突然、屋上のドアが開き、ベルナルドは自分の名前が呼ばれるのを聞いた。父の声だ。「ベルナルド？」バスローブのベルトを締めなおしながら、父がまた呼びかけた。「マリア？　寝てたんじゃないのか」

「さっき帰ってきたんだけど、聞こえなかったかい、親父？」ベルナルドがそう言いながら、アニタとペペに黙るよう合図した。「ちょっとここで集まってたんだ、マリアがもう一度チノの顔を見たいかと思って」

「そうなんです、ミスター・ヌニェス」チノが続けた。「おれがベルナルドに頼んで、マリアを呼んでもらいました。かまいませんよね。ラジオを聴いたりしゃべったりしてるだけですから」

「そう、ラジオを聴きながらおしゃべりしてたの」マリアが繰り返した。「もしかしてうるさかった、パパ？」

「目が覚めるくらいにはな」ミスター・ヌニェスはあくびをした。「だが気持ちのいい夜だ。昼間より涼しい。あとどのくらいここにいるつもりだ、ベルナルド？」

「もうお開きにするよ」ベルナルドは言った。「チノがマリアを下へ連れていく。おれたちは女性陣を家まで送ってから、〈コーヒー・ポット〉で落ち合うことにする。親父も来るかい？」

「いや、もう遅いから遠慮する」ミスター・ヌニェスはまたあくびをした。「楽しい夜を」そして娘のほうを向く。「マリア、ドアはあけとくからな」

「鍵はわたしがかけるね、パパ」マリアは言った。

それから兄のほうを見たが、ベルナルドはもう背を向けて、街を覆う夜の闇をまた見つめていた。

第5章

〈コーヒー・ポット〉は窓がひとつあるだけの小さな軽食堂で、必要以上にたくさんの灯りで煌々と照らされていた。そうやって巡回中のパトロールカーから店内がよく見えるようにしてあるのは、店の経営者が、安っぽいピストル強盗の腕試しの場にされるのにうんざりしているからだ。

白いエナメルの壁に貼られたメニューには、メキシコ料理やプエルトリコ料理、アメリカ料理の名が書き連ねてあるのだが、油が厚くこびりついてはっきり読めなくなっている。長いカウンターの前には革張りのスツールが並び、その破れ目から薄汚れた綿の詰め物がはみ出している。疲れた顔のカウンター係が夢遊病者のような動作でコーヒーのマグを洗い、粋な服装の黒人男性とその恋人がカウンター席にすわって、ジュークボックスのやかましい音楽に聴き入っていた。リフが取っ手をまわしてドアを蹴りあけると、カウンター係と客二人がさっと目をあげた。黒人客は慣れた動きでカウンターに小銭を置くと、恋人の腕をつかんで通りへ連れ出し、災難を逃れた。

「緊張すんなって」身構えているカウンター係にリフは言い、一ドル札をかざした。「全員にコーヒーを頼む。だれかおれたちを探しにきたかい？」

　何年も磨いていない背の高いコーヒーマシンに、カウンター係はのろのろ歩み寄った。

「だれも来てないよ、リフ。なあ、おまえら、こっちは生きてるだけでいろんな面倒に耐えてるんだ。これ以上厄介事を持ちこまないでくれ」

　リフはじれったそうに指を鳴らした。「おれたちはコーヒーがほしいんだ――クリームも、砂糖も、無駄口も要らないんだよ」

「おれは砂糖ほしいな」ベイビー・ジョンが言った。「甘いのが好きなんだ」

　アイスに肘で突き飛ばされたベイビー・ジョンは、カウンターにぶつけた上腕をさすりながらスツールに腰かけた。そしてポケットから出した漫画本を開いて、いそいそと読みはじめた。最年少メンバーとしては、辛抱して口を閉じておくことを覚えないといけないし、いまだってこうして、ばかじゃないからちゃんと意を汲んだよとアイスに伝えているのだ。

「あいつら、どこにいやがる？」アイスがレジスターの上方の時計を指さして言った。

「今夜、戦争の取り決めをするんなら、もうここへ来てなきゃいけないだろ」

リフがすばやく視線を向けると、ぎょっとしたカウンター係が鋭い目でこちらを見ていた。「アイス、またふざけてんのかよ。コーヒーはまだか」カウンター係をせっつく。

「何をそんなにもたもたしてる?」

「もうできるよ」カウンター係は言った。「けど一度に一カップずつしか注げないんでね」

「スーパーマンなら目にも留まらぬ速さで全部のカップを満たせるだろうにな」その筋の権威みたいに、ベイビー・ジョンが言った。「スーパーマンて言えば、これも知ってる? ナイフを使わないんだ。原子光線銃さえ必要としないんだよ。そんなのは敵に使わせとくのさ。スーパーマンが使うのはこれだけ」と固い拳を示した。

「ほんとかよ」A－ラブが食いついた。「拳だけで壁でもなんでもぶっ壊すのか?」

「だからそう言ってるじゃん」ベイビー・ジョンは答えた。「バットマンもいちころで倒したんだ」そこでドアを指さす。「うへぇ、鍵閉めて、ミセス・お化け屋敷が入ってくるよ」

「聞こえたよ、くそガキ」エニボディズが言い、荒っぽくドアを閉めた。「あたしにだってここへ来る資格はあるからね。身をもって証明するよ」

「そっちの端にすわってろ」リフは命じた。今夜はこいつを歩道へ蹴り出している暇などない。「あいつにもコーヒーを」カウンター係に言った。

「はいはい」カウンター係は言い、苛立ちながら通りに目をやった。役立たずの警官どもめ、肝心なときに見まわりにきた試しがない。「じき閉店なんだがね」

ジーターが不満そうに首を振った。「現金払いの客を放り出すのは法律違反だぜ。なんだってんだよ、おれたちのマナーが気に入らないのか？　さっさとコーヒー出しちまって、こっちが呼ぶまで洗い物に戻ってろ」

「面倒はごめんなんだよ」カウンター係は訴えた。「なんでおれが責められなきゃいけない？」

「だれも責めてなんかいない」リフが言い、また時計を見あげた。結局リフはトニーを見つけられず、アクションは黙ってただにらんできた。がたがた言われるより対処に困る。

「ここで会おうって、ベルナルドが言いだしたんだ。ベルナルドを知ってるだろ？」

「まあね」カウンター係は言った。

「知ってるけど自分はどうでもいいってさ」エニボディズが声をあげた。

黙ってろとリフが身ぶりで命じた。「あいつにドーナツか何かやってくれ」とカウンター係に言う。「なんでそんなにひもじそうな顔してる？　うちには帰ってるのか？」

「それに対する答えはノーだ」エニボディズは言った。

ベイビー・ジョンがむっとして漫画本から目をあげた。いまエニボディズが、吹き出しの台詞を盗み見て答えたからだ。「てことは、あんたの姉貴の真似して、街で客を拾ってるんだね」

エニボディズはベイビー・ジョンのこめかみにパンチを見舞った。「ほら、あたしにぶん殴られたってスーパーマンに言いつけなよ、そいつにもおんなじことしてやるから」

カウンター係が最後のマグにコーヒーを注ぎ、紙ナプキンにドーナツを載せてエニボディズのほうへ押しやった。「追加で六十セントもらうよ。税金はまけとく」

「ほらよ、釣りはとっときな」マウスピースが言い、一ドル札をくしゃくしゃにまるめてカウンター係に投げつけた。

「今夜は一度もベルナルドを見かけてない」カウンター係は言った。「おれの見るとこ、現れないだろうな。というか、来るに来られないのさ、ツケを五ドルもためこんでるから」

「やつは来る」リフは言い、マグの縁からコーヒーに息を吹きかけた。「この中立地帯を会議の場に選んだ張本人だから。おれたち、プエルトリコ人の社会的地位について討論するんだ。あんたも一緒にどうだ?」

「あいにく、酔いつぶれてとっ捕まって、三十日間矯正院送りになるのを前々から予定してたんでな。せっかくのご招待だが、おことわりするよ。けど、忠告を聞く気はないか？　うちへ帰って寝るってのもありだぞ」

「聞こえねえなあ」ディーゼルが両手で耳をふさいで言った。「やつはどんな武器を選ぶと思う？」

「ベルナルドに訊け」リフが言い、スツールを離れてドアをあけにいった。「本人のお出ましだ」

ベイビー・ジョンが漫画本をしまい、エニボディズはスツールごと回転して、カウンターに汚れた両肘を乗せた。仰々しいほど丁重に、リフはドアを広くあけ、ベルナルドとシャークスの面々に入るよう促した。

ベルナルドはなかを見まわし、隠れた危険はなさそうだと判断すると、ついてくるようメンバーたちに肩で合図して、せまい店内へ入ってきた。

「待たせたかな」ベルナルドが沈黙を破った。

「こっちはゆっくりしてた」リフが言った。「コーヒーでもどうだ」

「本題に入ろうじゃないか」

リフは時計を見あげ、それからアクションを見た。「あちらさんは礼儀を踏まえたやり方ってものを知らないらしい」

「ほざいてろ」ベルナルドは言った。「あんたも目障りだ」とカウンター係のほうを向く。

「店の灯りをいくつか消して奥の部屋へ引っこんでな」

「いや、ここで面倒を起こされちゃ困るんでね」カウンター係は言い返した。

かっとなったリフは、ベルナルドに劣らずタフなところを見せようと、カウンターの向こうへまわって照明のスイッチを切り、カウンター係を奥へ押しやった。「今夜はずいぶん働いたろ。休んでなよ。おれたち、店をぶっ壊したりしないって。とにかく、あんたに邪魔されたくないんだ。電話からは離れてろよ！」

「公衆電話は表にしかないよ」カウンター係は言った。「これだけは頼む。ここで面倒を起こさないって約束は守ってくれよ」

リフは返事もせずに、入口へ戻ってドアを二重にロックしてから、もう一度通りを覗いた。トニーの姿は見あたらない。もしベルナルドが今夜のうちにと言ってきたら？　応じるしかないだろう。

「ベルナルド、おまえに決戦を申しこむ。一度かぎりで、すっぱり始末をつけよう」

「いいだろう」ベルナルドは言い、メンバーたちの同意の声が静まるのを待った。「条件は？」

「なんなりとお望みどおりに」リフは両手を広げた。「おれたち、そっちに決めさせてやることにしたんだ」

「言い出したのはそっちだろ」ぺぺが言った。

「けりをつけるきっかけを作ったのは、おまえらだ」リフはぺぺとニブルズに言った。

「映画を観てるガキを襲うとは、見さげ果てたちんぴらどもだな。おまえらがあいつにやったこと、おれたちは忘れてないぞ――トイレでの一件を」

ベルナルドは笑みを漏らした。「例の水浴びか。どんな水だろうと、さっぱりはしただろうに。それより、おれがこの街へ来た初日に襲ってきたのはどいつだ？」

「この街へ来いなんてだれが頼んだ？」

「うちの両親だ」ベルナルドは答えた。「おまえとちがって、おれは頼りにされてるんでな」

「いちいち嫌みな野郎だ、おれが口のきき方教えてやろうか」スツールから立ちあがって、アクションが言った。

ベルナルドは両足を開き、腰を落として身構えた。「教えてもらおうか、むかつくアイルランド野郎。言うほどのことはなさそうだがな」

「待てよ」リフが割って入った。「決戦に臨む気があるのかないのか、どっちだ」

「あるとも」ベルナルドは言った。「日時は？」

「そっちが決めろ」

ベルナルドは少し考えた。

「決まりだ！」リフは喜んだ。「あしたの夜は？」それまでにはトニーを探し出せる。取り決めを確約し、本物のリーダーがいかにふるまうかをジェッツのメンバーに見せるべく、ベルナルドに手を差し出した。「場所はどこがいい？　公園か、河原か」

「ハイウェイの高架下はどうだ」リフの手を握って、ベルナルドが提案した。

リフはうなずいて、異存ないことを示した。「武器はどうする？」

「好きにしろ」

ジェッツが何を振りかざそうが、何を投げつけてこようが、シャークスには抗戦する用意があることを述べ立てようとしたとき、ベルナルドはドアの外にだれかいるのに気づいた。よく見れば、妹と踊っていたあのポーランド野郎だ。みずからドアをあけにいってトニーを迎えた。「おまえらのボスが来たぞ」と言ってリフを見ると、いまの皮肉が効いたのがわかった。「どういう段取りになったか、こっちで繰り返してやろうか？」

トニーが窓の外を見やると、一ブロック先で信号が点滅していた。いまは赤信号で、まるでトニーに危険を知らせ、早まった真似はするなと警告しているかのようだ。ブロックのはずれでは、一部の文字が点かなくなったネオンサインがときおりパチパチと音を立て、走り過ぎる車のなかで甲高い笑い声がはじけ、通りの静寂を破った。

「何も繰り返さなくていい」トニーは言った。「おれが知りたいのは、どんな武器を使うかってことだけだ」

「たぶんナイフと銃だな」リフが言った。度胸を見せつけてトニーを感心させたかったからだ。

「やっぱりそうか」トニーは返した。「思ったとおり、ここは腰抜け(チキン)だらけの小屋だったな」

「だれを腰抜け呼ばわりしてやがる?」アクションがしゃしゃり出て、トニーと顎を突き合わせた。「聞こうじゃねえか」

「どんな犬だって自分の名前は知ってる」ベルナルドが立ちあがってトニーに言った。「だから、おれたちのことを言ったんじゃないよな」

ついさっき、トニーはジェッツから身を隠した。しかしいま、彼らには理解しえない理由で、ここへ足を運んだ。そうしたのはもちろんマリアのためだったが、ベルナルドに会うためでもあった。できることなら、ベルナルドに証明したかった――おれにはマリアに会う資格がある、もうシャークスとの争いには興味がないからジェッツを抜けた、おれは人を想うことの意味を知った大人の男なんだと。

「どいつもこいつも腰抜けだって言ってるんだ」トニーは結局そう言った。「なぜ煉瓦だのナイフだの銃だのを使う必要がある？　なんだよ、間近でとことん殴り合うのが怖いのか？」白くなるほど固く握った拳を見せつける。「素手では立ち向かえないってか？」

「素手での決闘なんてありかい？」ベイビー・ジョンが訊いた。「生ごみぐらいは投げ合おうよ」

「武器は向こうに選ばせたんだ」リフがトニーに弁解した。「どっちにしろ拳も使うさ、向こうの出方しだいでな」

「どっちも逃げ腰だな」トニーは続けた。心理的優位を保っているうちに、さっさと話をつけなくては。「素手で殴り合ってこそ、きれいに決着がつくんだ。体を張る度胸があればな。それとどっちの側にも、拳で戦い抜こうってやつがひとりずついればだ」

「おれが相手してやる」ベルナルドはすかさず言った。その目は明らかに、トニーがジェッツを代表するのを期待していた。「素手でいこうぜ」

「ナルド」ペペがうろたえて言った。「残りのおれたちはただ見てろってことか？」

「おれはだれの喧嘩も突っ立って見てる気はねえぞ！」アクションが言い、空のマグをカウンターに叩きつけた。「断固反対だ！」

「決めるのは指揮官だ」リフはアクションに言い、それからベルナルドに向きなおった。

「よし、素手での殴り合いでいこう。合意の握手は？」

「もう握手はいいだろ」ベルナルドは言った。「おれを信用しろ。それにあしたの夜まで待つこともないな、すぐにでもはじめられるんだから」言葉を切ってトニーを見る。「高架下で待ってるぜ」

「待った」リフが言い、前へ出るようディーゼルに合図した。「うちでいちばん素手の喧嘩が強いのはこいつだ。日時もあしたの夜のままでいい」

失望もあらわに、ベルナルドはトニーを指さした。「けど、おれはてっきり……」

「そっちはだれを選ぶ？」リフが訊いた。

「おれだ」ベルナルドは言った。トニーをねめつけながら、マリアには予定より早くチノと結婚させようと心に決めた。「おれがシャークスを代表する」

ディーゼルが組んだ両手を頭上に突きあげた。「なんたる光栄、腕が鳴るぜ」

「おれは握手の手を差し出したよな」リフがベルナルドに言った。「おまえは拒んだが、それは取り決めを破棄するってことか？」

アクションが強引に前へ出てきてシャークスの注目を集めた。「よお、ベルナルド。もし考えなおしたいんなら、このおれが聞いてやるぞ」

「黙れ、アクション」リフが鋭く言った。「彼氏が来たようだぞ。ドアをあけてやれ」

シュランク刑事が悠然と入ってくるや、カウンター係が奥の部屋から出てきて、困惑顔で少年たちから刑事へと視線を移した。「こんばんは、シュランク刑事。じきに閉めるつもりだったんです、この連中の用がすんだら」

シュランクはカウンターに身を乗り出すと、カウンター係のシャツのポケットから、ほとんど減っていない煙草の箱を抜きとった。「一本いいか？」

「好きにどうぞ」カウンター係は言った。「おれの人生、ずっとそんなふうだから」

シュランクはゆっくりと煙草に火をつけ、何度か盛んに吸ってから、燃えさしのマッチを手近のマグにぽいと捨てた。タイガーのだった。「いつもはトイレの個室で吸うことにしてるんだ」のんびりと切り出す。「だがほかで吸うなら雑り者だらけの店のなかだな、だろ、リフ？」

そこでシュランクが間を置くと、いきり立って向かってこようとするベルナルドをリフが押しとどめた。その行動がまさに、グラッド・ハンドから聞いた話を裏づけていた――少年たちは決闘をやるつもりで、ここでその相談をしているのだ。

「帰るんだな、スピックのご一行」シュランクはにこやかにベルナルドに言った。「たしかに、ここは自由の国だし、おまえらに出ていけと命じる権利はおれにはない。だがおれはバッジを持った警官だ。法廷で争うぐらいの気概がないなら、言うとおりにしておけ」

煙草でドアを指し示す。「失せろ。外の通りからもだぞ」

シュランクが見守るなか、シャークスはひとことも発せずにぞろぞろと出ていき、ベルナルドを囲んで集まった。そしてクラプキがパトロールカーからおりてくる前に、さっとばらけて散りぢりに走り去った。追いかけても無駄なので、シュランクはクラプキに運転席にいるよう合図した。

「さてと、リフ、決闘はどこでやるんだ？」口をつぐんで返事を待ち、ほかの何人かにうなずいてみせたが、みな例外なく顔をそむけた。ベイビー・ジョンとエニボディズのほうへ一歩踏み出すと、二人とも急に漫画本のなかの冒険に夢中になった。「あのな、普通のアメリカ人は、決闘の相談でもないかぎり、あの手のやつらと集まったりしないもんだ。場所はどこなんだ、河原か？　公園か？」

たたみかけるその声はさらにきつくなり、凄みが加わった。「おまえらのために言ってるんだ。おれは自分のシマをきれいにしたい。おまえらもそうだろう。だったらお互い助け合おうじゃないか。決闘はどこでやる？　運動場か？　スウィーニーの空き地か？」

シュランクはさらにちがう場所を挙げ、なんらかの反応を待った。「薄汚い不良どもめ」激昂して言う。「署まで引きずってって頭を粉々につぶしてやろうか！　けちな移民のせがれどもはこれだからな！　アル中の親父さんはまだ手足が震えてるのか、A－ラブ？　お袋さんは寝床でせっせと稼いでるんだろうな、アクション？」

シュランクは体の重心を爪先寄りにして、右手を警棒に伸ばした。その体勢で、アクションが跳びかかってくるのを待ち受けたが、リフとジーターがすでに動いて、怒り狂うアクションを両側から押さえつけていた。

「そいつを放せ、おまえら、いいから放せ」シュランクは言った。「いまに、そいつを押さえるやつはだれもいなくなるんだ」少年たちから目を離さず、警棒に手を置いたまま、シュランクはドアのほうへ後退した。「場所はきっと突き止めてやる」と断言する。「だがおれが駆けつける前にとどめを刺し合っとけよ。さもなきゃ、おれがやるからな」

ジェッツはパトロールカーが走り去るのを待ってから、軽食堂を出た。リフは入口でトニーを待ったが、トニーは薄汚れたカウンターにすわり、手をきつく組み合わせてうなだれていた。

「行こうぜ、トニー」リフは言った。

トニーはしばらく動かなかったが、やがてゆっくりとスツールを回転させて振り向いた。

「なぜおれをベルナルドの相手にしなかった？」

「ディーゼルなら汚い戦い方も厭わないからさ。それにトニー、おれはもうおまえのことがよくわからないんだ。もうひとつは……」

「なんだ?」

「一対一でやるなら、ディーゼルは捨て石にしてもいい。おまえもおれもベルナルドをよく知ってるよな。あんなくせ者の言うことをおれは信用しない」リフは右手を見て顔をしかめ、ズボンの脇でその手のひらを拭った。「やつらのひとりとおれが握手したなんて想像できるか、しかもベルナルドと?」

「どうってことないだろ」

リフは苛立ちを抑えた。「まだあるぞ。トニー、おまえはおれの親友だし、おまえが痛めつけられるのだけは見たくないんだ。けどディーゼルがやられたときは、おまえに助けを求めることになる。それでどうだ?」

「くたばっちまえ」

「なんとでも言えよ。そういや——」リフは首を傾げた。「ベルナルドのあの妹はどうする気だ? ものにしてみろよ。ベルナルドには相当こたえるんじゃないか?」右腕で卑猥なしぐさをする。

「これだけははっきり言っとく」トニーは言った。「ベルナルドとおまえ——どっちも最低だ。おまえらには地獄だってもったいない」

「何を怒ってんだよ?」リフは怒鳴った。「おれたちを見かぎろうっていうのか?」

トニーはスツールから腰をあげた。「どうとでも好きなようにとれ」その声は震えていた。「いますぐここから失せろ、でないとシュランクの代わりにおまえをぶちのめすぞ」

第6章

「大丈夫かい、アントン?」ミセス・ウィチェックが、キッチンの窓辺の椅子から声をかけた。

バスルームでひげを剃っていたトニーは、顎と耳まわりに石鹸の泡をつけたままキッチンのほうへ身を乗り出し、母親に目配せした。「ああ大丈夫だよ、母さん。けど、ひげ剃りの最中にそんな大声出さないでくれよ」安全カミソリを掲げてみせる。「こいつはよく切れるんだ」

「ああ、ごめん」母は言い、冷たい水を張った鍋のなかで足を動かした。「この暑いなか一日じゅう働かなきゃいけないなんてねえ」

「平気だよ」トニーは言った。「おかげでぶくぶく太らないですむ」

ミセス・ウィチェックは息子を見て微笑んだ。あれほど長いあいだ赤の他人のようだったあの子が、また息子に戻ってくれた。どういう心境の変化があったのかは訊かないでいる。でもあしたもまた、この五カ月、いや六カ月近く毎週日曜にしてきたように、アントンが変わってくれたことを感謝して祈りを捧げるつもりだ。

あの子の父親が生きてさえいたら、いまのアントンを見せてあげられたのに。だが父親は、アントンがまだよちよち歩きのころに、タラワ島で若くして戦死した。この物騒な界隈で、アントンやほかの少年たちはみんな路上をほっつき歩く不良になってしまい、母はひとり、なぜなのかとうろたえ、怯え、途方に暮れてきた。

そこへ変化が訪れ、アントンは結婚したとき望んだような息子に、幼いころと同じ優しい息子になった。こんな息子になってくれますようにと、悲痛な涙で枕を濡らしながらどれほど祈ったことか――息子が険悪な他人になり果てていたころは、路上での悪事に疲れたときしか家には帰ってこなかったからだ。その祈りが届いたのか、アントンの身に何かが起こったのか、いずれにせよ母は、昼も夜もずっと、心からありがたく思っていた。

ミセス・ウィチェックは、アントンがガスレンジの上に取りつけてくれた小型扇風機を眺め、そのモーターのうなりと、キッチンの半面に吹き渡るささやかな涼風に満足してうなずいた。その風を背中に受け、冷たい水に足を浸していると、なんとも心地よくて幸せだった。「出かける前に一緒に冷たいものでも飲むかい？」

「そうするよ、母さん。着替えたらね。いま何時だい？」

「じき八時半になるよ」右手を持ちあげて、扇風機から吹きつける涼しい風を受け止めた。「ほんとにいい気持ち」

「よかった」トニーはまた目配せした。「じゃ、ひげ剃りに戻っていいかい？」

「ええ、アントン。気をつけて。切らないようにね」

バスルームの湯気で鏡が曇ってきたので、トニーは手の側面で曇りを拭った。それから前屈みになり、口の端をひん曲げて、よく失敗する剃りにくいところに取りかかった。生ぬるい水で刃をすすぎながら、鏡のなかの自分に向かって顔をしかめ、小さな洗面台の両端をつかんで考えた――今夜はいったいどんなふうに事が運ぶだろう。いまは、その問いが頭を離れない。マリアとの約束をまた思い出した。

マリア、と唇を動かし、その形をも好ましく思った。太陽や、月や、星や、愛のような響きを持つ、すばらしい名前だ。

きょう一日、いくらマリアのことだけ考えようとしても、それ以上にジェッツとシャークスのことが気にかかっていた。午後三時ごろ、ベイビー・ジョンがドラッグストアに新刊の漫画本を買いにきて、トニーにこう耳打ちした――代表して言うけど、メンバー全員、トニーがジェッツに戻ってくれたのをもちろん喜んでる。ベルナルドの対戦相手には選ばれなかったけど、トニーを頼りにしていいのはみんなわかってるし、リフが、九時に高架下へ来てほしいってさ。

「雑貨屋で新品のアイスピックをくすねてきたんだ」ベイビー・ジョンは自慢げに言っていた。「鞘も自分で作ったから、首の後ろに吊りさげていく。ディーゼルがやつらのボスを叩きのめすのを、シャークスがおとなしく見てないとなったら、こっちも反撃に出るからさ。おれはもっぱら、ペペとニブルズに仕返ししてやるんだ」そう言って耳たぶのかさぶたにふれた。「ぶすりと穴をあけてやる、あいつらの女みたいにピアスを着けられるように」

トニーはベイビー・ジョンに冷たいソーダをおごってやり、今夜は行くなと言っておいた。だがベイビー・ジョンが言うことを聞かないのはわかっていた。それどころか、急いでほかのやつらのところへ行って、こんなことを言われたと告げ口するだろう。メンバーのなかでも、特にアクション、それにディーゼルは、トニーはほんとうに弱腰になった、きっと現れやしないと言うだろう。それではリフの立場がまずくなるだろうから、たとえいやでも、リフのために顔を出さなくてはならない。

午後五時、トニーは五十時間ぶんの給料五十ドルをもらうと、安い扇風機を買ってうちへ飛んで帰り、さっと入浴した。ドラッグストアの地下室で身ぎれいにするのはまず無理だったからだ。腹は減っていないし、暑くて食欲がないから食事はあとにすると母に言って、トニーは家を出た。

五時三十分には、ブライダル・ショップの通りを隔てた向かいにあるアパートのドアの陰に隠れていた。やがて経営者の女が店を出るのが見え、六時数分前には豊満な体つきの女――ベルナルドの彼女だ――が出てきた。ところがすぐに後戻りしてマリアにドアをあけさせたので、トニーはひそかに毒づいたが、ほどなく彼女は帰っていった。

ようやく、どくどくと耳に響くほど胸を高鳴らせて、トニーは店の裏口まで一気に走っていった。

迎えたのは、まちがいなく、ゆうべトニーと一緒に風に舞ったあの娘だった。無言で手を差し伸べるマリアに導かれ、トニーは店に入った。

「永遠に六時にならないかと思った」

「わたしもずっと時計を見てた」マリアは言った。「短針がちっとも動かないんだもの」

「おれも同じように焦れてたよ」トニーは店内を見まわした。「ここはそんなに暑くないな」

「セニョーラもそう言ってた。アパートの自分の部屋よりここのほうが涼しいって。ずっと帰ってくれないかと思った」

トニーは白い絹の端切れを意味もなくつまんだ。「けど帰ったね。そのあと別の女の子が戻ってきた」

「アニタ？」

「たぶんその子かな。ベルナルドの彼女だ」

「そう、アニタよ。一緒に帰ろうって言われちゃって」アニタのお手あげのしぐさを真似て、マリアはぱっと両腕を広げた。「アニタがセニョーラのこと、なんて呼んでるか知ってる？」

「ばばあ？」

「それはそれとして、もうひとつあるの。ブルハっていうのが」

「なんて意味？」

マリアはくすくす笑った。「魔女よ」

「言えてるな。けど、あの体でまたがるんなら、よっぽど丈夫な箒（ほうき）がないと」

マリアはまた笑った。「それアニタに伝えなきゃ。でね、彼女は一緒に帰ったらわたしを――」つかのま、言葉を探す。「泡風呂（バブルバス）っていうの？　それに入れてあげるって」

「きょう、ドクのドラッグストアでそれ用の入浴剤がたくさん売れてたな。きみへのプレゼントに買ってくればよかった。アニタが使ってるのはどんな香りの？」

「黒い蘭（ブラック・オーキッド）」

マリアのイメージに合わないので、トニーはかぶりを振った。「もっといいのを店に置いてる。あした、どれか持ってきてあげるよ。ほかの商品もいろいろ」

「だめよ、アントン」

「なんでだい？」

マリアは背を向けて、裁断用のテーブルに広げてある型紙に目を落とした。「アニタは家に帰って、うんと色っぽく身支度するんだって」

「それで？」

マリアは浮かない顔で、トニーに向きなおった。「ベルナルドのためよ、決闘のあとの。どうして喧嘩しなきゃいけないの、ってわたし訊いたの。そしたらアニタがなんて言ったと思う？　男が喧嘩するのは興奮したいからで、そうやって大興奮したときの感覚には、ダンスも――」口ごもって顔を赤らめる。「女でさえ敵わないんだって。アニタが言うには、喧嘩のあとの兄さんはすごく精力的で、ブラック・オーキッドなんか使わなくてもいいくらいだそうよ」そこで言葉を切った。「あなたがここに来てること、アニタは知ってるの。帰ってもらうには話すしかなくて」

「そうか」トニーは真面目な顔をした。「で、彼女はなんて？」

「あなたとわたし――二人ともどうかしてる。正気じゃないって」

「じゃあ彼女もベルナルドと同じく、おれがきみと会うのは気に入らないんだ」

マリアはうなずき、トニーに目で訴えかけた――たとえそれがアニタの考えでも、わたしは受け入れるつもりはないと。「付き合えると思うなんて二人とも正気じゃない、そんなの無理だってアニタは言ってた」

「彼女がまちがってるのはわかるだろう？」トニーは訊いた。

「アニタはわたしたちの味方よ。だけど、心配してもいるの」

「だれにも邪魔はできないよ、マリア。きみとおれには。そのわけを教えようか」急にじっとりした手を、トニーはそっとマリアの両肩に置き、顔を寄せてまっすぐ目を覗きこんだ。「おれたちはまだ雲の上にいるからさ。そういう魔法は消えないものなんだ」

「魔法は不吉で邪悪でもある」マリアは身震いした。「アントン――トニー、わたしどうしても知りたいの。ほんとうのことを教えてくれる？」

「いつだってそうするよ」

「あなたもその決闘に行くの？」

トニーは息を呑み、それから首を横に振った。「きみに訊かれるまで、決めかねてた。どうしていいかわからなくなってたんだ。いまはもうわかる。答えはノーだ。今夜おれがしたいのは、家に帰って、服を着替えて、きみの家を訪ねることだけだ」

「来てくれるまでに、ママとパパに話をしておかなきゃね」マリアは決然としていた。「でもその前に、あなたは決闘をやめさせて」

「やめさせたよ」トニーは言いきった。「ゆうべね。素手で殴り合うだけってことにさせたんだ。だからベルナルドは大怪我を負ったりしない」

「だめ」マリアはなおも首を横に振った。「どんなやり方でも喧嘩はだめよ」

「マリア、この街のことはきみよりおれのほうがよく知ってる。つまり……」マリアがひどく震えているので、トニーは困惑して言いよどんだ。「つまり、きみとおれは決闘となんのかかわりもないし、かかわる必要もないんだ。きっと何も起こらないよ」と断言する。「何もね。さあ笑ってくれ。頼むよ」

「わたしのために行動してくれるならね」マリアは言った。「いえ、わたしのためじゃなく、わたしたち二人のためにお願い。決闘をやめさせて」

「二人のためにか」トニーは言った。「だったらやってみる」

「ほんとに？」マリアは感激して、トニーの両手を握りしめた。「やめさせてくれる？」

「素手の喧嘩でもきみはいやなんだろう？　なら、いっさいやらせない。きみの望みなら叶えてみせるよ」トニーは豪語した。

「信じてる」マリアは崇めるように手を打ち合わせた。「あなたは魔法を使えるもの」

そこでようやくトニーは、マリアをふたたび腕に抱き、彼女は暑気にあたったかのように、彼の肩に頭を預けた。「あの白いドレスをまた着てくれないか？　ほら、きのうはよく見るチャンスがなかったから」

「あの白いドレス？」

「あの白いドレスだ」唇で彼女の耳の輪郭をなぞりながら、トニーは名前を囁いた。「今夜、おれが迎えにいくときに」

「迎えにくるなんて！」マリアは怯えた。「うちのママは……」

「……おれの母親にも会うことになる」トニーはさえぎった。「けど、まずはおれがきみのお母さんに会わないと。おれが母親にきみを会わせるとき、お母さんも招待できるように。そう、おれにも母親はいるんだ。父親はずっと前に亡くしてるけど」

「そうだったの、アントン」マリアは体を離そうとし、トニーはしぶしぶ腕をほどいた。

「わたし、気に入られる自信ない」とマリアは尻込みしている。

「おれは心配してない」トニーは自信満々だった。「よく見てて」と言い、袖をたくしあげるような動きで両腕をさすった。「どっちの袖にも何も隠してないよ。けどさっき、おれは魔法が使えるって言ったね？　では——」淡い黄色のスカーフをまとった近くのマネキンを指さす。そのマネキンに向かって指をひと振りし、マリアのほうを向いた。「おれの母さんだ。ほら、挨拶しにキッチンから出てくるよ。家ではほとんどずっとそこにいるんだ。キッチンに」

「キッチンにいるのにずいぶんおめかししてるのね」マリアは気後れしたように小声で言った。

「きみが白いドレスを着てくるって話しておいたからさ」マネキンの後ろに立って、トニーはそれを左右に動かした。「ほら、きみをじっくり見てる。心のなかでこう言ってるな……なかなかきれいな娘さんね。ちょっと細っこいけど、トニーが気に入ってるんならそれでいいわ」

マリアはどっしりした女性の輪郭を両手で描いてみせた。「お母さんて、こんな……？」

「そうだな……貫禄がある、みたいな言い方なら母さんは気にしないよ。太ってるとさえ言わなきゃ」

「そんなこと言うもんですか」マリアはスキップして、別の細めのマネキンのところへ行った。「これはうちのママ」マネキンの後ろから顔を覗かせ、トニーに笑いかける。「わたしはママ似なの」

「ようこそ、ミセス・ヌニェス。娘さんのことはトニーからあれこれ聞かされてたんですよ。息子の言うとおり、素敵なお嬢さんですね」

「それはどうも、ミセス・ウィチェック」このお遊びが興に乗ってきて、マリアも自分のマネキンを左右に動かした。「こっちは夫のヌニェスです」

「お邪魔します、ミセス・ウィチェック」

「はじめまして、ミスター・ヌニェス。うちの息子のことをお話ししますとね、この子はおたくの娘さんにすっかり参って――といいますか、心からお慕いしてるんです。それでぜひご両親にマリアさんのことをお話ししたいと」

「まずはトニーの話をしましょう」マリアは言った。「彼は教会にかよってますか？」

「以前はね。これからまたかよいはじめますよ」トニーはマネキンの後ろから出てきて、その前にひざまずいた。「お嬢さんとの結婚を許してもらえますか？」

マリアはゆっくりとマネキンの後ろから出てきて、しばらく心配そうに見つめていたが、やがて手を叩いた。「パパはイエスって言ってる！　ママも！　今度はそちらのお母さんに訊いてみて」

「もう訊いたよ」トニーはマリアの手をとり、指に接吻した。「ちょうどいま、母さんはきみの頬にキスしてる」

「ママとパパは教会で結婚式を挙げさせたがるはず」

「うちの母さんもね」トニーは言い、表情を曇らせて頭を掻いた。「父さんにはおれからいろいろ説明しないとなあ。けど、父さんだってきみに会ったら、きっとひと目で――」

「アントン……」

「それと、死が二人を分かつまで、愛し、慈しみ、貞節を守るっていうあの誓い、おれは一言一句、真剣に口にするつもりだ。だからマリア、きみもそうしてほしい。そのことなら、おれはどんなことよりもすんなり誓えるよ」

「愛してる、トニー。あなたが幸せになることだけがわたしの望みよ」

「二人とも幸せになるさ」トニーは強調した。「きっとそうなる。誓うよ」

「じゃあわたしも誓う」マリアはふたたび、いっそう優しくトニーにキスすると、少し身を退き、目と唇に笑みをたたえて彼を見つめた。「わたし、あの白いドレスを着る。そして、あなたが決闘をやめさせて、うちへ来てくれるのを待ってる」

「それくらい楽勝だ」トニーは言い、ふと壁の時計を見て驚いた。「もう七時近いじゃないか。きっとご両親が心配する。家まで送らせてくれ」

「いいえ、あなたは裏口から帰って」マリアは強く言った。「わたしは店の鍵をかけてシャッターをおろすから。トニー、わたし、ママとパパにどう言えばいいかな――その、白いドレスを着る理由を」

「デートの約束をした相手がもうじき迎えにくるって言えばいい」トニーは噛んで含めるように言った。「相手がだれだかわかるのは、おれが着いたときというわけさ」

トニーはあまりに嬉しくて、至るところで笑みを振りまいて歩きまわっていたら、一時間近くが過ぎていた。そして家に帰り着くと、冷たいものだけでも飲んでいけと母親にしつこく言われ、グラス一杯の牛乳を二口で飲み干してやっと、バスルームへ逃げこめたのだった。「母さん」トニーは使い終えたカミソリをすすぎながら呼びかけた。「いま何時だい？」

「もう九時十五分前だよ、アントン」

「急がないと」トニーはバスルームから寝室へ駆けこんだ。

「新しいスーツを着ていくのかい？」

「もちろん」

「それ、よく似合うよ」母は言った。「お洒落した息子を見るのもいいもんだね。あとは、どこかで靴を磨いてもらえば言うことなしだ」

「そうするよ」トニーはシャツの襟の下にネクタイを滑りこませたが、やはりそれはジャケットのポケットにしまっておいて、マリアの家に行く直前に着けることにした。もしうまくいけば、ベルナルドに詳しく事情を話すことができるかもしれない。もしベルナルドが聞く耳を持たず、だれかが分別を叩きこんでやるしかなくなれば、その役目はディーゼルではなく、トニーが負うことになる。急げ、とトニーは鏡のなかの自分に言った。少しでも早く高架下に行けば、それだけ早くマリアの家に行ける。

リフはビールの缶を投げ捨て、唇を拭って、また腕時計に目を落とした。九時十分前——もう動きだす時間だ。

「よし」気を張ってぴりぴりしているジェッツの面々に、リフは指示した。「高架下までばらけて移動するぞ。それと、くれぐれもシュランクには気をつけろ。あいつ、一日じゅうおれの跡をつけてやがった」

ジェッツは夜陰に溶けこんだ。隣の通りでは、ベルナルドがシャークスに同じような指示を与えていた。

「今夜はうちへ帰らないといけないのか？」ベルナルドはアニタに訊いた。

アニタはベルナルドに体を押しつけ、ゆっくり腰をくねらせた。「マリアのところに泊まるって、ママには言ってきた。許してくれたわ。で、あたしたちどこに泊まるの？」

「あとで考える。もう行かないと」

「気をつけて、ナルド。早くすませてね。ここで待ってるから」

ベルナルドは最後に手を振って、通りを歩いていった。一ブロック先のビルの入口で足を止め、飛び出しナイフのバネの具合をたしかめる。刃が飛び出してロックされる小気味よい音が、ベルナルドに自信を与えた。このナイフで、やるせないこの世界にずぶりと刃を突き立ててやる。

ナイフは自分を大きく、だれよりも大きく感じさせてくれる。これがあればどんなやつとも互角に渡り合えるし、その気になれば細切れにして蹴散らしてやれるからだ。

ベルナルドはナイフをしまった。今夜これを使うつもりはないが、もしジェッツが、おれが手段を選ばないと決めこんで、おかしな真似をしてきたら、この鋭い刃に驚かされることになる。刃渡り七インチのサプライズだ。

車が走り過ぎるのを待って道路を突っ切ると、ベルナルドは堤防をゆっくりと、一歩一歩踵をめりこませながらおりていった。こんなところで足をくじいている場合ではないからだ。暗闇に目が慣れてきて、シャークスの数人がこの暑いのにTシャツの上にジャケットを着ているのが見えた。

鋭く口笛を吹いて到着を知らせると、チノとペペが名前を呼ぶのが聞こえた。ジェッツのだれかがこう言うのも——スピックの親分がやっと現れたぜ。スピックか……いつかまた機会があれば、スピックが本気を出したらどういうことになるか、やつらに見せてやろう。血はだらだら流れるものなんだと思い知るがいい。

「散らばれ」ベルナルドはシャークスに命じた。「おれから目を離すな。やつらが妙な真似をはじめたときは……」

「しっかり見張っとくよ、ナルド」トロが言った。「信用なんかこれっぽっちもしてねえしな」

「おれがセコンドをやるよ」シャツを脱ぎはじめたベルナルドに、チノが言った。

「ああ、頼む」ベルナルドは言った。背中と肩の筋肉をほぐし、ポケットにナイフがあるのをたしかめる。「行くぞ」

「こっちは準備できたぞ」チノが叫んだ。

「こっちもだ」リフが言った。「真ん中へ出てきて、まずは握手だな」

ベルナルドは暗闇に唾を吐いた。「なんで握手なんか」

「そういうしきたりだからさ」リフは仲間を振り返って無知な敵を一緒に嘲笑ってから、そう言った。

「また礼儀を踏まえたやり方ってやつか」ベルナルドは言った。「あのな……」ディーゼルとリフを指さしたが、ジェッツとその同類全員を指しているつもりだった。「おまえらが従ってるこの国の嘘くさいしきたりなんぞ、おれにとってはクソだ。おまえら全員がおれたち全員を嫌ってるなら……」

「よくご存じで」リフが口をはさんだ。

「……おれたちはその何倍もおまえらを嫌い返してやる。おれは嫌いなやつとは酒を飲まない」ベルナルドはまた唾を吐いた。「嫌いなやつと握手など死んでもするか」両の拳をあげて身構えながら、慎重に前へ進み出る。

「わかった」リフは言った。「そこまで言うなら好きにしろ」脇へ退いて、ディーゼルに合図する。

険しく顔をゆがめ、右の拳を開いては握りながら、ディーゼルはゆっくりと前へ出た。彼はベルナルドより体が重く、薄暗いなかで戦うのも得意ではないが、ベルナルドのどんな攻撃もかわせる自信があった。それでも警戒はしていた。痩身のわりにパンチは強力だと噂に聞いていたからだ。路上で喧嘩する者たちのあいだで、ベルナルドは無敵という評判を得ていて、彼が憎しみを捨て、冷静に割りきって戦えるようになれば、テレビ・ボクシングの人気選手ぐらいにはなれる、体重はウェルター級なのにパンチ力はライトヘビー級だから、などと言う者もいた。

ディーゼルが試しに左のジャブを出すと、ベルナルドは半歩さがってかわし、すかさず左で放ったカウンターを、ディーゼルは軽く払いのけた。そして右を出すと見せかけてふたたび左のジャブを出し、頭を横に傾けてベルナルドのジャブをぎりぎりでかわした。それは耳をかすめただけだった。

ベルナルドはノックアウトを取ろうとしていた。つまりボディではなく頭を狙ってくるということで、そうすると両手を高く構えることになるから、ディーゼルには好都合だった。ベルナルドの腹に首尾よくきついパンチを打ちこめば、やつはプレッツェルみたいに二つ折りになる。そこへフックを浴びせて身を起こさせ、口に強烈な一撃を加えれば、あの真っ白な歯が三、四本は折れるだろう。

ベルナルドの速い左パンチを肩に受け、ディーゼルも左でベルナルドの横腹に反撃した。ベルナルドが体をまるめたのでそのパンチは威力を失い、その前に彼が放っていた左が軽く当たって、ディーゼルの唇は腫れだした。

ディーゼルが屈強なのはベルナルドも知っていて、自分の手がディーゼルの唇をとらえたときは、勝ちどきをあげたくなった。自信に満ちた余裕の足運びで、ベルナルドはディーゼルのまわりを動きながら、すばやく踏みこんでは一発食らわせ、一発受け、跳びすさるという、一連の流れを繰り返した。

殴り合いはダンスみたいなものだ。決まったステップとリズムがあり、それを覚えてしまえば、いちいち考えなくても勝手に体が動く。ジャブとフック、フェイントとダッキングを駆使して、やや長く時計まわりに動いたあと、今度は反対まわりに動きだす。そうやって振りまわされたディーゼルが、一瞬でもガードの手をさげれば、その一瞬でとどめの一撃を見舞ってやれる。

だれかの叫び声がして、ベルナルドはぶざまに片側へよろめき、ふと見るとディーゼルも後ろへさがっていた。「ちょっと待て！」

「トニーだ」同じ声が叫んだ。「遅くなっても来ないよりはましだろ」

トニーは荒い息をして、ふたりのあいだに立った。

「なんなんだ、おまえ」リフが前へ出てきて言った。

「みんな、落ち着け」トニーは言い、ベルナルドとディーゼルがまた殴り合うのを制した。

「えらく勇み立ってるじゃないか」リフが憤然と言った。「いったい何がしたいんだ。さっさと言えよ、トニー」

緊張を解き、開いた唇のあいだから息を漏らしながら、ベルナルドは左の手のひらに右の拳をねじりこんだ。「ひとりで戦う度胸が出てきたんだろうよ」と言い、この冷やかしがシャークスの面々に受けたのでほくそ笑んだ。

トニーも笑い、その笑みを唇にとどめたまま、ベルナルドに手を差し出した。「ナルド、喧嘩するのに度胸は要らない。ただ、この決闘はなかったことにしよう」

ベルナルドは差し出された手を荒々しく払い、トニーを地面に突き倒した。「おまえにも、手下のクズどもにも、ナルドなんて呼ばせるか。おれはベルナルドだ。この先はミスター・ベルナルドと呼べ」

「そこまでだ」リフが言い、トニーを助け起こしながら、ここはおれにまかせとけ、とジェッツに身ぶりで示した。「おまえとディーゼルが素手で対戦する約束だったろ」

ベルナルドは進み寄って、トニーの横面を逆手で張った。そしてディーゼルに言った。「待ってなよ、おまえはあとで可愛がってやるから。まずは肩慣らしにこのにやけた野郎を片づける」頬をさすっているトニーに言う。「なんだよ、色男。怖いのか？　どうしようもない腑抜けだな」

リフがトニーを背後へ押しやった。「黙れ」ベルナルドに言う。

だがトニーはジェッツの陣に加わろうとはしなかった。取り返しのつかない過ちを犯してしまったのはいまや明白だった。

マリアにどんな約束をしたにせよ、好きに殴り合わせておけばよかったのだ。もしディーゼルがベルナルドを負かせば、すべてうまく収まっただろうし、そのあとでみずからディーゼルと対戦し、両グループの和睦が自分の望みだとベルナルドに身をもって示すこともできたのに。

ベルナルドがディーゼルを負かした場合は、未来の義兄に握手を申し入れ、向こうが拒んで殴りかかってくれれば、逆にのしてやればいい。そして意識が戻ったら、ふたたび握手の手を差し出すか気絶させるかすればよかったのだ。

いまさらどんな手段に出ようと、あとの祭りだ。ベルナルドの激しい憎しみを感じ、トニーは戦慄した。できることはもう何もなかった。時間は巻き戻せない。それでもマリアのために、やってみなくては――それですむなら、ひれ伏したっていい。

「ベルナルド、おまえはわかってない」トニーは声を低く、平静に保った。

ベルナルドはかぶりを振った。「わかってるさ。おまえは腰抜けだ」

「どうしてわかろうとしない？」トニーは訊きながら、口を開きかけたアクションに黙れと合図した。

ベルナルドは片手を耳の後ろに当て、もう一方の手指でトニーの鼻をはじいた。「聞こえねえよ、腰抜け。なんて言ったんだ？　A‐ラブが、やっちまえって顔してるぞ。けど腰抜けには無理だよな」

「ベルナルド――やめるんだ」

愉快そうに、ベルナルドはトニーのそばを跳びまわって、トニーの鼻を、顎を指ではじき、耳を平手で打ち、闘牛士よろしく身をひるがえした。「雄牛(トロ)と呼んでやりたいとこだてやるから」

が、こいつは腰抜け（チキン）だしな」大歓声のシャークスに向かって言った。「どうした、チキン」なおもトニーを嘲る。「言いたいことがあるなら言っとけよ、そのあとで卵を産ませてやるから」

リフはもう我慢の限界だった。この数カ月、来る日も来る日も、アクションやディーゼルばかりか、ベイビー・ジョンやエニボディズからも親友のトニーをかばってきたことを、恥辱とともに思い返した。わけがわからなかった。少しでもプライドのある白人なら、スピックにぼろくそに言われて黙っているなどありえない。トニーは頭かどこかがおかしくなっているせいで、あんな暴言を平気で聞いていられるのか？　心を病んだ人間や根性なしは恥辱を感じないというから、トニーもそうなのかもしれないが、自分はちがう。リフは尻ポケットに手をやり、愛用の飛び出しナイフの重みに心強さを覚えた。

ベルナルドがまたトニーを平手打ちした。「意気地のないやつだぜ……」

「なんとかしろよ、トニー！」リフは悲痛な声をあげた。「おまえ、気がふれてんのかよ！　なぶられっぱなしでどうする！」

「ぶっ殺しちまえ、トニー！」エニボディズがけたたましく叫んだ。

ベイビー・ジョンがいきり立って飛び跳ねた。「そうだ、やっちまえ！」

「やっちまえるもんか」ベルナルドが嘲った。「こんな見下げ果てたクソ……」

憤怒の叫びをあげて、リフはトニーを押しのけ、ベルナルドの喉めがけて飛びかかった。そして、ぐらついたその体に手を伸ばして引き寄せ、ベルナルドの口に拳をまっすぐ叩きこんだ。

ベルナルドは口のなかを血だらけにしながらも、頭をさげてリフの顔に頭突きを食らわせ、リフが手を放して後ろへよろめいたそのとき、ナイフを取り出した。口を拭っていると、リフの手もとでもナイフがぎらつくのが見えた。やっとこうなったか、それでいいんだ。ベルナルドはシャークスにさがっていろと命じた。加勢は要らない。視界の隅にトニーが見えたが、向かってこようとしたところをアクションとディーゼルに押さえこまれていた。

ナイフで牽制し合い、有利な位置を油断なく探りながら、リーダー二人は螺旋状に距離を詰めていった。この手の戦いはすみやかに決着がつくのを、どちらも経験から知っていた。ひと突きで終わることもあるし、もっとかかってもせいぜい二突きか三突きだ。

二人を取り囲む輪もどんどん縮まっていて、ディーゼルとアクションが前へ動いて手をゆるめた瞬間、トニーは拘束から逃れた。

そのあとのことはぼんやりかすんでいる。ばか野郎、さがってろ、とリフが叫び、言ったことを強調しようと、左腕をさっと広げた。そのわずかな隙に、ベルナルドがすばやく踏みこんで、ナイフを容赦なく振りあげ、リフの胸を、心臓の真下を突き刺した。

倒れたリフは、すでに事切れていた。苦悶の叫びとともに、トニーは友の萎えた手からナイフを取りあげ、衝動のまま前へ躍り出て、ベルナルドは身構える間もなかった。慣れた足さばきで身を守ることもできず、十インチの刃で脇腹を刺し貫かれ、虫の息で地面に倒れた。

ごぼごぼという死の喘ぎ、どす黒い血に染まる地面、かくも唐突に憎しみと暴力と人生から切り離された、動かない二つの体——見るに堪えない惨状だった。やがてサイレンが轟き、パトロールカーが少年たちの頭上で鋭く急停止して、ハイウェイの両側を舐めていくサーチライトの光が、ジェッツとシャークスを四散させた。

ディーゼルに腕をつかまれ、トニーは走った。涙で目が見えず、彼の知る世界は焼け落ちた。何度も何度も、繰り返しマリアの名を呼んだが、答えを返すのは、荒々しく絶望を伝えるサイレンの音だけだった。

第7章

トランジスタ・ラジオからは、そのラジオ局が売りにしている、単純で原始的なビートと無意味な歌詞を持つ、テンポが速くてノリのいい曲ばかりが流れていた。屋上に集まった女たちは、もどかしげに暗闇を見据えながら、肩を揺らしてステップを踏んでいた。もう夜の九時三十分、ここからがまさに、思いきり羽目をはずす時間だ。そう、彼女たちは待ちきれずにいる——今夜のデートで情熱に身をまかせるのを。

コンスエロは手鏡を覗いて、左の横顔はなかなかいいと思った——あとは、もっと長いつけまつげと、もっと分厚い胸パッドがほしいところだ。「ブロンドとは今夜でさよならよ」と彼女は宣言した。

「それぐらいで深刻ぶって」ロザリアが言った。

「深刻なの！」コンスエロは大きなハンドバッグに手鏡をしまった。「占い師がぺぺに、黒髪の女と出会う運命だなんて言ったんだから」

「だからあんた、ぺぺから決闘のあとのデートに誘われてないんだ！」この皮肉に満足したロザリアは、わざわざマリアのところへ行って、コンスエロときたら自分で認めている以上のおばかさんで、いまこんなふうにやりこめてやったよ、と得意げに話した。

通りを縦横に駆けめぐるサイレンの音に、マリアは身を震わせた。マリアには苦手な音、大嫌いな音、ひどく恐れている音があって、サイレンの音はその三つすべてに当てはまった。サイレンはほぼ例外なく、災厄——病気、事故、死、火事——と結びつくものだ。だがいままで、マリアはそうしたサイレンとは無縁だった。

「決闘はないはずよ」マリアはロザリアに言った。

ロザリアはマリアを指さして言った。「ここにも占い師がいるよ！」

マリアは手すりにもたれて、眼下の通りを見渡し、あとどのくらいトニーを待たなくてはいけないんだろうと思った。ママとパパは妹たちを連れて映画を観にいっているから、急いでもらう必要はないのだけれど。

マリアはさっき妹たちと口喧嘩になり、父親がそれをやめさせるべく、みんなで映画に行こうと言い出したのだ。小さい妹たちはきっともう眠かっただろうが、映画館のなかは、まちがいなく家よりも居心地がいいのだ。

マリアはその提案に大賛成したが、自分はベルナルドやアニタやこれから来るほかの女の子たちと出かける予定だから家に残ると両親に言った。

「あんたがないって言う決闘のあとで、チノにどこへ連れてってもらうの？」コンスエロがそう訊くのが聞こえた。

マリアはそちらに顔を向け、謎めいた微笑を浮かべた。「どこへも連れてってもらわないけど」

「じゃあそのおめかしは、あたしたちのため？」白いドレスを着たマリアを指さして、ロザリアが言った。

「ううん、ちがう」マリアはかぶりを振った。女たちをしげしげと眺めて、どこまでしゃべっていいものかと考えた。「秘密を守れる？」

コンスエロが手を叩いた。「秘密って大好き。あたしに教えてくれたら、みんなに広めてあげる。自分の口から話す手間がずいぶん省けるでしょ」

「今夜わたし、結婚の約束をしてる人と会うの」

「それのどこが秘密なわけ？」コンスエロは当てがはずれた顔をした。「でもさ、ロザリア、チノはけっこういいお相手よね。自分は最高の恋人だとかって、ほかの男たちみたいにいちいち自慢しないし。それに仕事に就いてるからって得意がらない、チノには当たり前のことだからね。それであたし、思うんだけど」

「何よ?」ロザリアがしびれを切らして訊いた。

「チノって不言実行の人なのよ――どんなこともごちゃごちゃ言わずに精いっぱいやるの。で、その最高のお相手といつ結婚するの?」

マリアはひとつ深呼吸した。「わたしが待ってるのはチノじゃない」

「ちょっとやだ!」コンスエロはマリアの額に手を当てた。「熱っぽい。この子、なんかぽーっとなっちゃってる」

「そうなの!」マリアの目が生き生きときらめいた。「幸せでぽーっとなって、夢のなかにいる感じなの。ねえ、チノが相手なら、わたしがこんなふうになると思う?」

コンスエロは困惑して、ロザリアに問いかける視線を向けたが、向こうはただ肩をすくめた。「そうねえ」ロザリアはじっくり観察した。「今夜のマリアはたしかに感じがちがうね」

「ほんと?」マリアは訊いた。「見た目はちがわないとしても、気分がちがうのはわかる?」

ロザリアはうなずいた。「よくわかる、火花がキラキラはじけてるみたいなんでしょ」

「そう、そんな感じ!」マリアは嬉しそうに言った。「すばらしくいい気分なの。その気になれば、空だって飛べそう。助走をつけたらこの屋上からあっちの屋上まで飛び移れるかも」そして空を指さす。「満天の星が見えるわ。月も四つか五つ。この世でいちばん、だれよりも素敵な人と、わたし恋をしてるの」

「そうよね、チノと」コンスエロはロザリアのほうへ向きなおった。「チノはきっとすごくいいものを持ってるんだね」

「おつとめをね」ロザリアは忍び笑いをした。「立派なやつを」

「んもう、ちがうって」コンスエロは言った。「そんな身も蓋もない話じゃなくて、マリアは恋に恋してる状態なのよ。ちがうかな……」

ロザリアは肩をすくめた。「秘密のそこんところを教えてくれないんじゃ、吹聴のしようもないね」

「あら、教えてもらったも同然――」

マリアが膝をついてラジオを消し、屋上の手すりから身を乗り出した。「だれかがわたしを呼んでる。はーい！　ここよ、屋上にいるの」小躍りして、二人を振り返る。「いま彼に会わせてあげる！」

マリアは屋上の出入口へ駆け寄って、あけたドアを押さえて待った。かわいそうに、トニーは家のドアをノックしたけど、鍵がかかってたのね。

「ここよ！」マリアは叫んだ。「早く来て！　何人か友達がいるから紹介したいの」

そこで口をつぐみ、目をしばたたいた。踊り場まであがってきたのはチノだった。

「話があるんだ」チノはマリアに言った。「上にはほかにだれがいる？」

「女の子たちよ。チノ、どうしたの？　事故にでも遭ったみたいな顔して」

「アニタもいる？」

「ここにはいない。チノ、あなた顔色が悪いわよ」階段をおりながら、マリアは言った。

「何かあったの？」

チノは壁にもたれ、初めて見るかのように自分の両手を見つめたあと、汗まみれの汚れた顔をシャツの袖で拭った。「ここまで来てくれ、マリア」ほかの女たちを指さす。「みんなはそのまま屋上にいてくれ、聞かせたくないから」

「どうせあたしたちはいつも除け者だからね、お呼びじゃないときは」コンスエロがチノに言った。

「憎まれ口はよして！」マリアは階段を駆けのぼって屋上のドアを閉め、チノのところへ戻った。「なんなの？　何か面倒に巻きこまれた？」

「きみのお父さんとお母さんはどこだい？　妹さんたちは？」

「みんな映画に行ってるの。チノ、あなた喧嘩してきたのね！」

チノはうめき声をあげ、両手で顔を覆った。「あっという間のことだった」

「何があっという間だったの、チノ？」

「マリア、決闘の最中に――」

「決闘はなくなったはずよ」

　チノは顔をそむけた。「あった。あったんだよ。あんなことになるなんてだれも思ってなかった。だれも」最後の一語を強めるように、漆喰の壁に拳を打ちつけた。

　マリアは恐怖の冷たい息を顔に吹きかけられたように感じた。「何があったの？　教えて。早く教えて。どうせ聞くならいますぐ聞くほうがいい」

「決闘がはじまって……」チノは切り出した。「ナルドが……」

「ナルドが何？」

「ナイフ……」

「トニー！」マリアは鋭く叫んで、チノを強引に振り向かせた。「トニーに何があったの？」

　驚きに目を見開いて、チノは横面で壁に寄りかかった。そこで初めて、マリアが白いドレスにハイヒールという装いで、口紅までつけていることに気づいた。そうやって着飾ったのがチノのためではないことにも。

「トニーだと？」チノは声を荒らげた。「やつはなんともない。ぴんぴんしてるさ！　やつはさっき、きみの兄さんを殺したんだ！」

「嘘よ。そんなの嘘！」マリアはチノに拳をぶつけはじめた。「でたらめを言ってるんでしょ、チノ、あなたなんか大嫌い！　二度とここへ来させないでってベルナルドに言ってやる。嘘つき！　最低の嘘つき！」パトロールカーのサイレンの音に、一瞬口をつぐむ。

「なんで嘘つくの？」

壁に身を預けたまま、チノもサイレンを聞き、そのけたたましい音が、苦悩のひとときから彼を解放した。前へ飛び出し、マリアを押しのけて、ヌニェス一家の部屋まで駆けおりていく。自分には使命があるからだ。

ナルドやシャークスのだれかに命じられたわけではないが、メンバー全員がトニー・ウィチェックを探しまわっているいま、そのだれよりも、チノ・マルティンにはトニーを探し出すべき理由があった。ナルドからはもう義理の弟みたいに思われていたから、銃のありかも教えてもらっていた。チノはバスタブの奥に手を入れて、ナルドがそこに隠していた固い小さな包みを探り当てた。恐怖は消え去り、この瞬間から自分は心を持たない狙撃手になるのだと悟った。

チノは銃の包みを剝ぎとり、弾丸が装塡されているのをたしかめた。そしてポケットに銃を突っこむと、ちょうど部屋に入ってきて茫然としているマリアを押しのけて外へ出た。

マリアの様子からすると、もう嘘だとは思っていないようだが、説明している暇はなかった。いまはどんなことより、トニーを見つけて殺すのが先だ。

一瞬、マリアはチノを追いかけようかと思った。だがそうはせず、キッチンの壁際へ行って聖家族像の前にひざまずくと、聖母をまっすぐに見つめ、苦悶に肩を震わせて無言の祈りを捧げた。そしていままで聞き覚えたあらゆる祈りを懸命に思い出しながら、スペイン語で声に出して祈りを唱えはじめた。

「これは夢だったことにしてください」マリアは懇願した。「どんなことでもします。命だって差し出します。だからどうか――夢だったことにしてください」

マリアの祈りは、力強い手に妨げられた。その手は彼女の両肘をつかんで立ちあがらせようとしていた。信じがたいことに、振り返ったマリアが目にしたのはトニーだった。もはや若者には見えなかった。目は老人さながらに落ちくぼみ、何かの発作に見舞われたかのように、口をゆがめてぜいぜいと息をしていた。

マリアはトニーに力いっぱい拳を打ちつけた。さらに二度、三度と、チノにした以上に激しく乱打しはじめた。トニーは顔にぶつかる彼女の拳をよけようともしなかった。「人殺し！」慟哭（どうこく）しながら、マリアは叫んだ。「人殺し、人殺し、人殺し――」

突然、マリアはトニーの腕に飛びこみ、二人一緒に床にくずおれた。涙に濡れた頰をトニーの頬に押しつけながら、マリアは彼の涙をキスで拭おうとした。そしてトニーを腕に抱いて揺すってやると、彼は悲運に身悶えしてむせび泣いた。

「やめさせようとしたんだ。ほんとうに、やめさせようと」トニーは途切れとぎれの涙声で言った。「どこでどうまちがったんだろう。あいつを傷つけようなんて思ってなかった。嘘じゃない。誓ってもいい。そんなつもりじゃなかった。けど、リフが——リフはおれの弟みたいなやつだった。だからベルナルドがリフを殺したとき……」

「ああ、そんな……」マリアはつぶやいた。

トニーはマリアを腕のなかに引き寄せ、悲痛な思いを吐露しながら、彼女の目に、頬に、髪に口づけした。

「きみに話しておきたかった」トニーは言った。「きみの赦しを請いたかったんだ、警察に自首する前に」

「いや」マリアは蚊の鳴くような声で言った。「いやよ」

「これで気が楽になった。もう怖くない」

「いや」マリアは必死に言った。「行かないで。ここにいて。すごく心細いの。わたしと一緒にいて」

トニーはふたたびマリアを抱き寄せ、その胸の、その髪の、頬にふれるその涙のぬくもりを感じた。「愛してるよ、マリア」と囁く。「なのに、きみの愛する人を殺してしまった。つらすぎる――おれを助けてくれ」

「抱きしめて。もっと強く。わたし凍えそう」

今夜を過ぎたら、いや、マリアの両親が映画から帰ってきた瞬間に、二人で過ごす時間は、日々は、未来は消え去ってしまうのだ。

「あなた、休まなきゃ」マリアは言った。「わたしのベッドで。アントン、お願いよ」

「もう行かないと」

「警察に？」

「そう、警察に」

「休んでからよ」マリアは立ちあがってトニーに両手を差し伸べた。「ついさっき、屋上でみんなに結婚のことを話してたの。わたしたち、結婚したでしょう、アントン。ほら、きょうの夕方」

「一緒に夕方へ戻れたらどんなにいいか」

「いまは夕方よ。わたしたちの時間はそこで止まってるの。さあ横になって」

第8章

ベイビー・ジョンは、漫画のスーパーヒーローたち――スーパーマン、バットマンとロビン、ワンダー・ボーイとプラネット・キング、グリーン・アローとグリーン・ホーネット、スペースマン、ジャック・ブラストフ、オービット・オスカー――に呼びかけて助けを求めた。

川のそばのスクラップ置き場にある、車体と車軸だけになったトラックのなかで膝を抱えてすわったベイビー・ジョンは、金属の裂け目から見える星に目を凝らしながら、自分のヒーローのだれかが、もしかしたら全員が、流星のごとく、明るい光の尾を引いて飛んでくるのを待っていた。

ベイビー・ジョンがいま宇宙へ発しているのは、ただの救助要請信号ではなく、絶対に聞き届けてほしい緊急通報だった。いましがた、彼の目の前で、二人の頑強な男があっけなく帰らぬ人となった。リフのことは心から敬愛していたし、ほんとうに悲しくて涙がこぼれた。そしてベルナルドは、大嫌いなやつではあるが、気骨を見せつけたあの姿には感心せずにいられなかった。

たしかに、トニーはだらしないやつじゃなかった――ナイフさばきなんか芸術的だった――けど、リフとベルナルドが死んだのはトニーのせいだ。リフは十八歳、ベルナルドもたぶん同じくらいだろう、そしてベイビー・ジョンはいま十四歳、この先リフやベルナルドみたいな強い男になれたとしても、あと四、五年しか生きられない計算になる。それはちょっと短い気がする。だってどうかすれば、二年か三年か四年か五年、少年院で過ごすことになるかもしれないのだ。

ほんの数分前、ベイビー・ジョンはスクラップ置き場の塀によじのぼって、そのてっぺんを歩いてどこまで行けるかと考え、やってみることにした。両腕を広げ、指をぴんと伸ばして、彼はゆっくりと塀の上を進んだ。バットマンからオービット・オスカーまで、並み居るヒーローたちがそれを見て、助ける値打ちのあるやつだと思ってくれるように。ベイビー・ジョンは一生懸命彼らに念を送った。早く助けに来てくれないと、警察に捕まってしまうからだ。

さっきシュランクとクラプキから逃げおおせたところは見てくれていたはずだ――クラプキに尻もちつかせてやったんだから――けど、いつかは捕まってしまうだろうし、そうなったらクラプキに容赦なく警棒でぶたれるだろう。塀の切れ目から数インチのところに電柱が立っていたので、ベイビー・ジョンは電柱の足場釘に右足を掛けて乗り移った。

スクラップ置き場を出て、クラプキとシュランクを探し出し、アイスピックで襲ってみたらどうだろう。それか、コロンバス・アヴェニューを突っ走って、十歳より上のプエルトリコ野郎を目につく端から刺してまわったら？　新聞の見出しには、なんて出るかな？　けど、もしトニーに出くわしたらどうする？

頭がくらくらしてきたので、ベイビー・ジョンは落ちないように両手でしっかり電柱につかまった。もし出くわしたらトニーを殺す？　それとも、シャークスからトニーを守るのが自分の義務なんだろうか。いまは、だれかに指示してもらいたかった。もしバットマンとロビンがベイビー・ジョンを探しているなら、X線ビジョンがあるし、鋭い聴力でこちらの思考に波長を合わせることもできるから、見つけるのは簡単だろう。でもヒーローたちが来るまでは、ジェッツの先頭に立ってどうするべきか教えてくれる人が必要だった。

プエルトリコ人にこの街へ来てくれなんてだれが頼んだ？　ベイビー・ジョンは泣きながら電柱を滑りおり、場内を見まわして、トラックのほうへ歩きだした。この街へ来てリフを、あんないいやつを殺してくれなんてだれが頼んだ？

「だれかいますか？」ベイビー・ジョンはトラックの真っ暗な車体のなかへ、小声で呼びかけた。「こちらベイビー・ジョン」

「黙って入ってこい」A‐ラブの声がした。「交信終わり」

ベイビー・ジョンは咳をして痰を切り、涙と鼻水を拭い、ありとあらゆるヒーローたちに居場所を知らせるべく垢じみた右手をあげて合図したあと、「やっぱ、だれかと一緒のほうがいいや」と安堵の息をついた。「クラプキとシュランクがさ――角を曲がったら、すぐそこにいたんだ。もうおしまいだって一瞬思ったよ」

「そんなことより」A‐ラブは苛立っていた。「煙草あるか？　ほかのやつらはどこにいるんだ。トニーを見たか？」

「見てないよ、たぶんだれもね」ベイビー・ジョンは最後の質問に答え、最後の一本だった煙草をA‐ラブにひょいと投げた。A‐ラブはクスリが切れた人間みたいにぶるぶる震えていた。「ほかのみんなはじきに現れるんじゃないかな。家に帰ったのかも」

「おまえバカか？」A‐ラブは煙草に火をつけ、マッチをベイビー・ジョンに投げつけた。「家なんかサツが真っ先に探すところだろうが。おまえも二、三日は帰るなよ」

「帰るもんか。あのさ、A‐ラブ、あれ見た？」

「あれってなんだ」

「リフとベルナルドだよ、死んじゃったあとの。人の体ってあんなに血が入ってんだね」

「うるさい！」A‐ラブは身震いした。「黙らないとぶん殴るぞ」

「ただの感想だよ。あーあ、あれがきのうだったらよかったのにな」ベイビー・ジョンはため息をついた。「あしたでもいいけど。とにかく、きょうでさえなきゃね。A‐ラブ、街を出るのはどうかな？」

A‐ラブはトラックの床に足を投げ出して、うなだれながら煙草を吹かした。「怖いのか？」

「みんなに内緒にしてくれるんなら言うけど——怖いよ」

「だったら口を閉じてろ」A‐ラブは言い渡した。「怖がらせるようなこと言うから、おれまでびびるだろ」

スクラップ置き場の外の真っ暗な通りで、パトロールカーのサイレンの音と、だれかが走っている足音がしたので、A‐ラブは床に伏せ、ベイビー・ジョンはいちばん闇の濃い隅にうずくまった。パトロールカーは通りを疾走していき、止まらないと撃つぞと警官が逃走者に叫ぶのを、ベイビー・ジョンはたしかに聞いた。

A‐ラブが床を這ってベイビー・ジョンのところへ来た。「どうする？」

「ここで待ってようよ」ベイビー・ジョンは小声で言った。「アクションならそうさせると思う。アクションがリーダーを引き継ぐんだよね？」

「そうだろうな」Ａ－ラブは言い、ベイビー・ジョンの腕をねじりあげた。「何があっても、サッと取引なんかすんなよ。今夜のことはひとこともしゃべるんじゃねえぞ？」

「しゃべんないよ、なんにも」ベイビー・ジョンは手をあげて誓った。「シャークスの二人に襲われたときに観てた映画がまだやってるんだ。だから、映画の筋を教えとけば、それがおれたちのアリバイになるよね」

Ａ－ラブはベイビー・ジョンの髪をくしゃくしゃにした。「おい、おまえ頭いいな！」

「みんなで映画に行ってたことにするんなら、もうびくびくしなくていいじゃん。ここに隠れてることないよ」

「いいから映画の筋を教えろ。面白く話せよ」

警察から隠れている状況にすっかり興奮し、自分はもうタフぶってるだけじゃない、Ａ－ラブにも頼りにされてるし、これからは恐いものなしのアクションが指揮をとってくれるんだとわかると、ベイビー・ジョンは気が楽になり、よそで忙しくしているヒーローたちにすがらなくてもいいかなと思った。

アクションなら、屋上を占拠して、そこに武器をどっさり集め、力のかぎり警察に抵抗するぐらいのことはやるかもしれない。男らしい登場のしかたじゃないか！　この窮地からみんなを救い出す手立てをアクションが考えつけないなら、警察とにらみ合うほうが少年院送りになるよりましだ。ベイビー・ジョンにはこんな場面が見えた——建物を警察に包囲され、テレビカメラや新聞記者がそこらじゅうにいて、屋上では、煙でいぶし出されないようみんながガスマスクを着けている。

「ガスマスクを手に入れなきゃ」ベイビー・ジョンはA-ラブに言った。

「ガスマスク？　なんのために？」

「サツに出し抜かれないようにさ」

「なに寝言ほざいてんだ、おまえ？」

「いまにわかるよ」ベイビー・ジョンは秘密めかした。「サツは血眼（ちまなこ）でおれたちを探してるから、もっとやばい状況になるよ、A-ラブの言うとおり。だからなんか行動（アクション）を起こすことも考えなきゃ。アクションて言えばさ——いまはアクションがリーダーなんだよね？」

「アクションかディーゼルだな」A-ラブは認めた。「いや、やっぱアクションだろ、あいつのほうがここがいいから」と頭を指さす。「少なくともおれはそう願うよ。となると、アクションから指示をもらわないとな」

「アクションにできるかな？」ベイビー・ジョンは、そう言ってA-ラブを持ちあげたつもりだった。もしアクションが何もかも決めるとなると、自分が策を示すチャンスがなくなってしまうからだ。「おれたちの考えも、たぶん訊いてくれるよね」

「たぶんな」A‐ラブは同意したあと、だれかが合図の口笛を吹いているから静かにしろとベイビー・ジョンに言った。「これでここに六人集まったな。まずまずだ」

二人はトラックの車体のなかで身を寄せ、ほかの車から取ってきたクッションにすわって、ジェッツの残りのメンバーが姿を見せるのを待った。エニボディズが、自分の拾ってきたバールのことを、窓やドアをこじあけるにはもってこいの道具だし、武器にもなるとしゃべり立てていたが、だれも聞いていなかった。みんな、アクションが煙草を吸い終わって指示を出すのを、じりじりしながら待っていた。

アクションは頭数を数え――八人、いや、エニボディズもジェッツの一員と見なすなら九人いる――トラックの床で煙草を揉み消した。「そろそろ動いたほうがいいな。パクられたやつも何人かいるらしいから。そうだ、おれがリーダーになることに文句のあるやつは？」

「おれはいいよ」マウスピースが言った。

「よし」全員が小声で賛同したのを聞き届けてから、アクションは言った。「だれか策のあるやつは？」

「あるよ」エニボディズがすかさず言い、ベイビー・ジョンは口を開く間もなかった。

「トニーを助けなきゃ。やつらが手分けしてトニーを探してるからさ」

「そんなの探させとけよ、こっちの手間が省ける」ディーゼルが言った。「アクション、もうたくさんだと思わねえか？　こんなとこでぐずぐずしてたら、サツにしょっぴかれて、胸に番号つけた写真撮られるぞ。手分けしてトニーを探してるっていうんなら、見つけてくれりゃいい。あんなクソ野郎」と唾を吐いた。「あいつが来なきゃ、リフはきっとまだ生きてて、おれがベルナルドをのしてやってたんだ」

「どいつがトニーを探してるって？」アクションはディーゼルを無視した。

エニボディズはクッションのスプリングが飛び出していないところへすわりなおした。

「シャークスのやつらだよ。みんなが逃げてったあと、あたし、向こうの縄張りに潜りこんだらどうかと思ったんだ。どんな様子か見てこようって。あたしならちょっと物陰があれば隠れられるし、目にも留まらぬ速さで動けるしね」

「そりゃあ、おまえならだれの目にも留まんないよな」スノーボーイが言った。「大口叩いてないでとっとと要点を言えよ」

「何か言っときたいことがあるのか？」アクションがエニボディズに訊いた。「だったら聞くぞ」

「チノがシャークスの連中に話してるのを聞いたんだ。あたしは目と鼻の先にいたのに、やつら気づいてなくてさ」どうしても手柄を誇る口調になる。「それであいつ、トニーとベルナルドの妹がどうとかって話してた。そのあとスペイン語で毒づいたんだけど、あたし、ちょっとなら意味わかるんだよね」そこでまた間を置いた。「チノのやつ、何がなんでもトニーを殺してやるとか言ってたよ」

「トニーのほうが逆にやっちまうだろ」ディーゼルが言った。「いやその、以前のトニーだったらな」

「だね」エニボディズは認めた。「ただ、チノが先に銃をぶっ放したら話は別だよ。あいつが仲間に見せてるとこ、この目で見たんだ」

「ちくしょう！」アクションは立ちあがった。「卑怯なスピックどもめ、まだ懲りてねえのか！　おまえら、仲間を売るようなこと言いだしたら承知しねえぞ。おれだってトニーには愛想が尽きてるが、トニーがやられるのはジェッツがやられるのと同じことだ。シャークスをのさばらせておけるか。おれに反論したいやつはいるか？」

アクションはメンバーひとりひとりの前に立ち、各人がうなずくのを見ていった。決断をくだすのはアクションで、いやが応でも、自分たちはそのすべてに従うのだと了解したしるしだ。

「トニーを探しだすぞ」アクションは言った。「散らばって広範囲をな。エニボディズ、グラズィエラやほかの女たちを見つけられるか？」

「たぶんね」

「なら、あいつらにも手伝えと言ってくれ。それと、トニーを見つけたやつはここに連れてもどってこい。当然、だれかが残ってないとな。暗がりでひとりでいても平気なやつが」

「おれだな」ベイビー・ジョンが言った。

「じゃあおまえが残れ。ほかのメンバーがだれか来たら、そいつにも状況を伝えろよ。もしトニーが現れたら、一緒にここに隠れてるんだ。いいな？」

「わかった」ベイビー・ジョンはうなずいた。「けど、エニボディズがバールを貸してくれないかなあ」

「いいけど絶対返してよ」

アクションがついてこいと合図して、みんながトラックを出ていくと、ベイビー・ジョンはバールをかたわらに置いてうずくまり、またヒーローたちに念を送りはじめた。

こんなしょぼいことでわざわざヒーローを呼び出すなんて、ちょっと不甲斐（ふがい）ない気がした。でもたぶん、リフが宇宙にのぼっていく途中で、ベイビー・ジョンをよろしく頼むと言ってくれているだろう。

第9章

トニーがベッドに横になると、マリアは顔を寄せてキスをした。トニーは夢中でマリアにすがりつき、唇を彼女の口に強く押しつけた。絶望に悶え、瀕死の人間のように彼女にしがみつきながら、右手でその胸にふれ、ためらいがちに、布地の下で鼓動する温かいふくらみを手のひらで包んだ。ともに生きる時間がまもなく――長くてもあと一、二時間で――絶たれるのだと思うと、それまでは一緒にベッドにいたくて、マリアを抱き寄せて横たえずにはいられなかった。

トニーがまた震えだし、ベッドを出ようとしたので、マリアは彼に添い寝してその嗚咽を聞きながら、眠りに落ちた。もうじき両親が階段をのぼってくるだろう――いや、すでに葬儀屋へ向かっているだろうか。それともベルナルドは検屍のために死体保管所へ運ばれるのだろうか。

ベッドの揺れでマリアがまどろみから覚めると、トニーが激痛にのたうつかのように両脚を抱えこんで、全身をぴくぴく震わせていた。混沌のなかを手探りしながら、トニーは苦しげに喘いでベッドを離れようとした。

「行かないで」マリアは言った。

「マリア？」トニーの押し殺した声がした。「マリア、おれは行かないと」

それ以上何も言わせず、マリアはトニーを抱きしめ、胸を、腹を、腰を彼の体にぴったりと添わせた。欲望が恐れを、悦びが悲しみを呑みこんだが、無情にも下の通りでサイレンが鳴り響いた。

とっさにトニーは身を振りほどき、自分の靴を手探りした。マリアは恐怖の叫びを漏らしかけたが、愛しい人を怯えさせまいと、トニーの頬に唇を押しつけて声を封じた。

「わたしたち、結婚したのよ」マリアは泣き声で言った。「きょうの午後、わたしたちすごく幸せだった。今夜あなたを待ってるあいだも、すごく幸せだったわ」

「きみはまだ若い。また幸せになれるよ。おれなんかよりずっといい相手と。きみのためにそう祈ってる」

マリアはかぶりを振った。「わたしの夫になって」

「なれない。おれは人殺しなんだ」

「なら恋人になって」

「無理だよ」マリアの目を見ていられず、トニーは顔をそむけた。「ベルナルドが許さない。ああ、マリア、あいつを殺してしまったなんて！」

「でもベルナルドはあなたの友達を殺した。あなたの弟みたいだった人を」

「いや」トニーは否定するしかなかった。「それは昔のことだ。口先でそう言ってただけで、あいつは弟なんかじゃなかった。最後は友達でさえなかったと思う」

「彼のために人を殺めたんだもの、友達以上の存在だったはずよ」マリアは低く、静かな声で続けた。「彼のことを教えて」

「いったい何を話せば？」トニーは悲嘆に震えた。「リフは気のいいやつだった。度胸があって、恐いもの知らずで、それを証明するためにいつも喧嘩相手を探してた」

マリアは悲しげにかぶりを振った。「ベルナルドと同じね」

「そうだな。あいつにはジェッツがすべてだった」

「ベルナルドもシャークスを大切に思ってた」

「二人は似た者どうしだったのかな」

マリアはうなずきながら、ベッドの上で身を起こし、枕に残されたトニーの湿った頭の跡をなぞった。そしてトニーを憐れみ、ベルナルドによく似ていたリフを憐れんだ。リフの目を見たことはないけれど、きっとベルナルドの目のように、いつも敵意でぎらついていて、おれは男だと証明するのに毎回しくじっているかのように、絶えず憎しみを探していたにちがいない。

リフとベルナルドにどんな未来がありえただろう？　マリアにはどんな未来も見えなかった。そのねじくれた少年時代に、彼らは暴力を目撃し、経験し、そこに喜びを見出してのめりこむことで、十数人の仲間の青春まで奪った。何ひとつ愛さず、あらゆるものを壊した――憎んでいるのはただひとつ、互いの存在だけだと言いながら。だからマリアは兄を憐れむようにリフを憐れみ、その瞬間は、二人のどちらかの代わりに自分が死んでもよかったとさえ思った。

でも、なんのために？　あの二人はほかにも人を殺すかもしれないのに？　結局彼らは死ぬことになる――バーの店内かビリヤード場の外で、ダンスの会場か車の後部座席で、がらがらのハイウェイかアパートの屋上で。でもベッドで死ぬことはない。リフやベルナルドのような少年は互いを餌食にするが、その争いにつけこんで甘い汁を吸おうとする大人の餌食にもされる。少しは生き長らえたとしても、決して賢くなりはしない。

「だから二人とも死ななくちゃいけなかったのよ」マリアは言った。「だからあなたは死んじゃいけなかったの。だって、あなたも以前はあの二人のように生きてたけど、そんな自分を変えようとしてた――そこがリフやベルナルドとはちがうところよ」

「なぜそんなふうに思える？」トニーは言った。「おれはベルナルドを殺した。あいつはきみの兄さんだったのに、きみはなんとも感じないのか？　おれが兄さんを死なせたことを？」

「あなたは今夜あそこへ行くつもりじゃなかった」悔恨に暮れる世の女たちを代表するかのように、マリアは言った。「わたしが行かせたの。行くって約束させたの」

「そうだけど」マリアにわずかなりとも罪悪感を共有させまいとして、トニーはすぐさま言った。「おれがベルナルドを殺すことなんか、きみは望んでなかった。兄さんを愛してないのか？　あいつのためには泣けないのか？」

「すべての人のために泣けるかどうか訊いてよ？　ベルナルドはわたしの兄さんで、あなたはわたしの愛する人よ」マリアはトニーを揺さぶった。「わたしはこの世界のすべてを愛したい。知ってるものだけじゃなく、この先会うこともない人や見ることもないものも全部。わかる？」

「だけど、おれたちは」ひどく暑くて闇が濃いその部屋を、トニーはじっと見まわした。

「生きて、愛して、死ぬっていう人生をもう終えてしまった。そのすべてがあっという間だった」

そのとき、マリアがトニーの唇を指で押さえて黙らせ、二人はハイヒールの足音と、キッチンから叫ぶアニタの取り乱した声を聞いた。「マリア？」

アニタが寝室のドアを叩いた。「マリア、アニタよ。なんで鍵かけてるの？」

マリアは声を出さないようトニーに身ぶりで伝えた。「鍵なんてかけてたっけ」

「ドアをあけて」アニタはまたノブをがちゃがちゃやった。「話があるの」

トニーはマリアの口を手ですっぽり覆った。「時間を稼いで」囁き声で言う。「ちょっと待つよう彼女に言ってくれ」

「ちょっと待って、アニタ」マリアは叫んだ。「寝ちゃってたから、まだ目があかなくて」トニーに向きなおる。

「ドクの店だ」トニーは囁き声で続けた。「どこへ行くつもり？」「一緒に逃げてくれるんなら、そこで待ってる。場所はわかるね？」

「きょう、あなたがいるかなと思って前を通った」

「ドクが金を貸してくれると思うんだ」トニーは窓枠を乗り越えた。「来てくれるかい？」

マリアが答える前に、アニタがまたドアを叩いた。「だれかと話してるでしょ」閉まったドア越しに叫んでいる。「マリア！」

「ドクの店ね」マリアはトニーの唇に指を置いた。「できるだけ早く行く」そして非常階段をすばやくおりていくトニーを見送ってから、ゆっくりとドアへ歩み寄った。「いまあけるったら、アニタ！」

勢いよく入ってきたアニタは、ベッドから窓へ、そしてスリップ姿で素足のマリアへと目を移した。

「チノに会った？」マリアは訊いた。「さっきここに来てたの、ものすごく荒れてた」アニタがにらみつづけているので、口をつぐんだ。「わかった」開きなおって言う。「お察しのとおりよ」

「このふしだら女！」アニタは金切り声をあげ、窓に駆け寄って乱暴に閉めた。「娼婦だってあんたみたいな真似はしないよ！　あんたの兄さんを殺したやつと、ご褒美に寝てやったわけ？　あいつがあんたの親を殺したときはどうなるの？　あいつのために街で客を引く？」

マリアは精根尽き果てていて、弁解する気にもなれなかった。アニタの手をとろうとしたが、アニタは部屋の隅に後ずさり、不潔で奇怪なものでも見るようにマリアをにらみつけ、自分の知っているマリアだと認めようとしなかった。

「あなたがどんな気持ちかよくわかる」すすり泣いているアニタに、マリアは言った。「トニーも同じ気持ちでいるのよ」

「あいつの友達じゃなくて、あいつが死ねばよかったのに！　ベルナルドが殺していればね！」

「じゃあベルナルドはわたしの愛する人を殺したことになったわね」

アニタは両手で耳をふさいだ。「あんたの言うことなんか聞きたくない。あばずれ！　顔も見たくない！」

マリアはゆっくりと窓に歩み寄り、ガラスに額を押しつけた。ガラスの表面は部屋の空気より冷たかった。トニーはいまごろどこにいるだろう、とマリアは考えた。警察やベルナルドの仲間に見つからずにすむだろうか。

マリアは自分がどんな気持ちだったか、アニタに伝えたかった――ベルナルドが殺されたとチノから聞いて、どんなにトニーを憎んだか。そしてトニーがどんなに死にたがっていたかを。

「チノは銃を持ってる」アニタは言った。「シャークスのみんなにトニーを探させてるよ」

「もしチノがトニーを傷つけたら、彼に指一本でもふれたら、わたし――」

「トニーがベルナルドにしたのと同じことをする？」

「トニーを愛してるの」マリアはただそう言った。

アニタはつらそうにかぶりを振った。今夜起こったことは何ひとつ理解できない。ブラック・オーキッドの香りをまとい、もどかしい思いで彼を待つあいだに、一番星を見ながら大きな願い事をした。それなのに、葬儀のために喪服を用意することになるなんて。

「わかるよ」アニタはマリアに言った。「あたしもベルナルドを愛してた」

マリアは顔から血の気が引いていくのを感じた。「アニタ、ママとパパが帰ってくるまでここにいて。だれかが残って、二人に伝えなきゃ」

「あんたからは言えないってこと？」アニタの冷たい笑いには、辛辣な嘲りがこもっていた。「なんでよ？　こんなこと珍しくもないでしょ。ただこう言えばいいのよ、兄さんが殺されちゃったの、でもわたし、あなたたちの息子を殺した男とこれから逃げるわって」

「どうかわかって」マリアは哀願した。

「わかるもんですか！」アニタはわめいた。「わからないし、わかりたくもない。だって、わかってしまったら……」

「わかってくれてるのね」マリアは言った。「だからそんなに動揺してるのよ。アニタ、わたしたち一緒に逃げるの。ドクの店でトニーと落ち合うつもり。わたしたちを止めようとする人は、わたしも殺さなきゃいけなくなる。チノにそう言っておいてくれる？」

そのとき、呼び鈴が鳴り、次いでドアが押しあけられて、シュランクがキッチンに入ってくるのが見えた。シュランクはあらゆるものに目を配りながらてきぱきと動き、バスルームのドアをあけてなかを覗きこみ、それから別の寝室を覗いたあと、キッチンのドアを閉めてその前に立った。「もう知らせは受けたようだな」マリアに言った。「きみは妹だな？」

「はい。どこへ行けば兄に会えるのかご存じなら……」

「いくらでも待っててくれるさ」シュランクはそう言ってほくそ笑んだ。「それより二、三訊きたいことが——」

「あとにしてください」マリアはベッドの上の服をつかんで、頭からかぶった。「兄のところへ行かなきゃ。場所はどこなんですか」

「こっちの用は一分もあればすむんだが」シュランクは言った。

「この子の兄さんが死んだのよ」アニタがきつい声で言った。「ちょっとぐらい待ってくれても——」

「だめだ！」シュランクは怒声でアニタを黙らせた。「きみらはゆうべ、公民館のダンス・パーティに行ってたな？」

「はい」マリアはうなずき、ドレスの背中のジッパーをあげてくれるようアニタに促した。

「きみが踊ってた相手が気に入らなくて、兄さんはそいつとひどい口論になった」シュランクはマリアとアニタをまじまじと見つめた。このままタッグを組ませておいたら、厄介なことになりそうだ。「ベルナルドに会いたいか？　いいだろう。連れてってやるから、きみの知ってることを道々聞かせてもらおう」

「悪いんだけど、アニタ、頭痛がひどいの」マリアは言った。「ドラッグストアで、あれ買ってきてもらえる？　ええと――なんて薬だっけ」

「アスピリン」アニタは答えたが、動こうとする気配はなかった。シュランクがバスルームとキッチンの戸棚を指し示した。「そのへんに買い置きがあるんじゃないか？」

「中身を切らしてるんです」マリアは答えた。「買いにいってくれない、アニタ？　お願い。いま行かないとお店が閉まっちゃう」

「アスピリンぐらい署に行けばある」シュランクはマリアの腕をとった。

「長くかかります？」

シュランクは肩をすくめ、腕時計に目をやった。「まあ必要なだけ」

「長くはかからないでしょ」マリアは言い、シュランクに見られないよう背を向けると、アニタに目で懇願した。「ドラッグストアで待っててくれる？　長くはかからないから」

「いいよ。ドクに頼めば店をあけといてくれるかも」アニタは答え、シュランクに顔を向けた。「この子に厳しく当たらないでよ。今夜はもうじゅうぶんつらい思いをしたんだから。それと、あたしはナルドの恋人だから」喧嘩腰で言った。

「だった、だろ」シュランクは言った。

「あの、わたしに訊きたいことがあるんですよね」シュランクの気をそらそうと、マリアは言った。

「訊いてるんじゃない」シュランクはマリアを先に歩かせ、鼻に皺を寄せながら、嗅ぎ慣れないにおいのするアパートの階段をおりた。「言ってるんだ。男のことで口論があったと」

「同郷の人です」マリアは躊躇なく言った。

「そいつの名前は？」

マリアはシュランクを見あげた。「ホセよ」

ドラッグストアの一ブロック手前で、アニタは髪に櫛を入れ、湿ったハンカチで顔を拭ってそのまま投げ捨てた。そして鏡を使わずに口紅を塗りなおし、ドレスのスカートの皺を伸ばした。ここはアメリカで、悲しみを人に見せるのを恥じるかのように、静かに喪に服すのがアメリカ人だから、自分にもそれができることを示したかった。

店に足を踏み入れたとたん、アニタは足がすくんだ。二つある電話ボックスの折れ戸がどちらも開いていて、なかにいたA‐ラブとディーゼルが険しい顔でにらんできたからだ。

「ドクに会いたいんだけど」アニタはゆっくりと言った。

A‐ラブはディーゼルと目を合わせてから、首を横に振った。「ドクはいねえよ」

「どこにいるの？」アニタは訊きながら、処方箋の受付カウンターの奥にあるドアへ目を走らせた。

「銀行に行ってんだ」A‐ラブは爪で歯をせせった。「受けとった小切手にまちがいがあってな」

「変ねえ」アニタは言った。「銀行って夜は閉まってるもんでしょ。さあ、ドクはどこなのよ」

「だから銀行だよ」ディーゼルが言った。「ドクはあんだけ痩せこけてるだろ。夜間金庫の投入口からするっと入ったわけさ」

「で、途中でケツがつかえて身動きとれなくなってんだ」A‐ラブが言い、電話ボックスから出てきた。「つまり、いつ帰ってくるかわかんねえってこと」

A‐ラブは表のドアをあけ、お辞儀をして、外の通りを示した。「おやすみ(ブエナス・ノチェス)、セニョリータ。帰り道で客を拾えばちょこっと稼げるかもな」アニタが無視してカウンターのほうへ向かったので、ドアを荒っぽく閉め、アニタを追いかけて腕をつかんだ。「どこへ行く気だ？」

「そこの奥よ」アニタは身をよじってA‐ラブから逃れた。「ドクに会うの」

「孕んじまったんなら、あした出なおしてきな」ディーゼルが言い、カウンターの奥に入ってドアをふさいだ。「聞こえねえのか？　ドクはいねえって言っただろ」

「ちゃんと聞こえてる」アニタはきっぱりと言い、頬がかっと熱くなるのを感じた。この二人にはぞっとする。胸もとに露骨な視線を向けてくるし、この胸がもう少し小さければ――せめていつものブラジャーで押さえてくればよかった。「自分でたしかめたいの」

「お願いしますも言えねえのか」ディーゼルは脅すように言った。

「お願いします。さあ、これで通していただける？」

A‐ラブは爪先立ちして、アニタのドレスを上から覗きこんだ。「色黒の人おことわりなんでね。おいおい、おまえブラも着けてねえのかよ」

「やらしいわね」

「でかい胸してるよな――プエルトリコで何食ってたらそんなに育つんだ？」A‐ラブは笑った。

アニタは身震いして、いざとなったら武器にしようとハンドバッグをしっかり握った。

「やめて」声を低くして警告した。

「やめてくださいい、だろ」ディーゼルが言い、いやがらせを続けるようA‐ラブに目配せした。いったんやりはじめたら、A‐ラブはどこまでも悪ノリするからだ。「やめてください」

「お願いします（ポル・ファボール）」A‐ラブはアニタをからかった。「おまえ、わかんないのか（ノ・コンプレンデ）？」笑いながら、また爪先立ちになる。「スピック、おまえ英語しゃべれない（ノー・スピック）のか？　困りもんだな。じゃ、まずはエロい言葉をひととおり教えてやるよ」

「聞いて、あんたたちの友達に伝言しなきゃいけないの。トニーに伝えることがあるのよ」

「そいつならここにはいねえ」ディーゼルはきっぱりと言い、ちょっと静かにしてろとA‐ラブに合図した。「さあ帰んな」

「いるのはわかってる。だれからの伝言かは気にしないで」アニタはディーゼルに頼みこんだ。「トニーに会わせてよ」

「おれに合わせたらどうだ？」A‐ラブが言い、アニタを壁際の棚に押さえこみ、腰をまわしてすりつけはじめた。「マンボにぴったりだろ、この動き？」

「離れてよ」アニタはA‐ラブをハンドバッグで殴ろうとした。「ブタ野郎！」バッグが手からもぎとられ、脇へ投げ捨てられた。「あたしはチノを止めようとしてんの！　ふざけた真似やめてよ、このブタ！」

「ブタはおまえだ」Ａ‐ラブは鼻を鳴らした。「おまえ、ベルナルドの女だろ。ニンニクくさい口と、金歯とピアスした雌ブタのくせしやがって。トニーを嵌めてチノんとこへ連れてくつもりなら、そう簡単にはいかねえぞ」

Ａ‐ラブはいきなりアニタの腕をつかんで足をすくった。アニタがカウンターの奥に倒れると、Ａ‐ラブは足掻くアニタに馬乗りになって下腹をぐりぐり押しつけ、空いた手でドレスを引き裂いた。

「やっちまえ、Ａ‐ラブ！」ディーゼルがあおり立てた。「アメリカ男の乗っかり方を教えてやれ！　チノに言いつけさせりゃいい！」

「じたばたすんな」Ａ‐ラブはアニタを平手打ちした。「どうせやられるんだ、力を抜いて楽しめよ……」

そのとき、Ａ‐ラブのシャツが二本の手で引っぱられ、やめろというディーゼルの声がした。「ドクだ、いま地下からあがってくるぞ」

荒い息をしながら、Ａ‐ラブはしぶしぶ立ちあがり、解き放されたアニタも立ちあがった。するとドクが、茫然と口をあけてアニタを見つめていた。ドクは少年二人のほうを向き、おまえらはこの街のダニだ、ダニ以下だ、こんなことをやってただですむと思うな、と怒鳴りつけた。

「大丈夫かい？」ドクはアニタに訊いた。

アニタは唇を噛み、破れたドレスの前を掻き合わせた。「ベルナルドが言ってたとおりだね」必死に涙をこらえながら、歯をせせっているA‐ラブをにらんだ。「あんたたちが血を流して道に倒れてようが、唾吐きかけて置き去りにしてやる」

「帰りなさい」ドクは優しく促した。

「帰らせんなよ！　こいつ、チノにトニーのこと……」A‐ラブはドクを押しのけ、表のドアへ走った。「ここから出ていかせるか！」

アニタはディーゼルとA‐ラブに憎々しげに言い放った。「あんたたちのお仲間への伝言を教えてやるよ！　あの人殺しに言ってやりな、マリアとは二度と会えないって！」勝ち誇ったように大きな笑い声をあげると、ディーゼルとA‐ラブがひるんで脇へ寄った。

「言ってやってよ、チノが二人の仲を知って——マリアを撃ち殺したって！」

アニタの背後でドアがばたんと閉まり、ドクはカウンターにがっくり手をついた。「なんてこった、トニーに伝えないと。二人ともここから出ていけ！」ディーゼルとA‐ラブに向かって怒鳴った。「出ていって、おまえらみたいな人間にも扉を閉ざさない教会がどこかにあるか、探してみるんだな！」

ディーゼルはA-ラブを肘でつついた。「おれは行くぞ」

「どこへ?」

「どこだっていい」ディーゼルはドアの前で言った。「ここの北か南か西なら」

第10章

行く当ても希望もなく、彼は苦しみ悶えながらドラッグストアを飛び出した。彼女は逝ってしまい、もう二度と戻ってこない。彼の罪が別の罪を生み出したが、それはまだ終わっていなかった。チノはまだ半分しか仕事を終えていない。

チノの計画がどうだったのかは知らないが、彼の計画はもう定まっていた。彼のほうでチノを見つけて、殺すように仕向けるのだ。

これを終わらせるにはそれしか方法がないし、彼はそのときが待ちきれなかった。もう生きていたくはなかった。

通りにはまだ人がいた。アパートの正面階段や歩道の脇で、あるいは車に寄りかかってなんだかんだと話している声を聞きながら、彼は歩道を足早に歩いていった。

白黒の警察車両が見えたので、彼はビルの入口に逃げこみ、パトロールカーをやり過ごしてから〈コーヒー・ポット〉へ急いだが、チノはそこにはいなかった。そこでふと、チノが通りで見つかるはずがない、裏庭か地下室か屋上を探すべきだと気づいた。こちらが追われているのではなく追っているのだと、チノに知らせなくては。

「チノ？」彼はシャークスの縄張りにある二つのアパートのあいだの裏庭に立ち、だれかいれば聞こえるくらいの声で呼びかけた。そして深く息を吸い、今度は大声で叫んだ。

「出てこいよ、チノ！　おれはここにいるぞ！」

物音がしたので、彼はさっと振り返り、的になるべく両腕を広げた。名前が呼ばれたが、それはチノの声ではなく、薄明かりのなか、エニボディズが駆け寄ってくるのが見えた。

「あんたバカじゃないの？」彼女は呆れていた。「ここ、やつらの縄張りだよ」

「あっち行ってろ」彼はエニボディズを払いのけ、両手で口を囲ってまた叫んだ。「チノ――出てきやがれ！　おれはここだ！」

エニボディズは彼の腕にしがみついて、地下室のほうへ引っぱっていこうとした。「あいつらが――」

「行けって言ってるだろ！」彼は右手を振りあげ、エニボディズの顔に平手を飛ばした。

頭上のいくつかの窓に灯りが点き、トニーは庭の端のほうへ駆けだした。「チノ！　さあどこにいる、チノ？　おれは待ってるぞ。早く――」

銃弾がまともに胸を貫き、痛みと銃声がうまく結びつかないまま、彼はよろめき倒れた。

口のなかに血の味を感じながら、自分の名前を呼びながら駆け寄ってくる白い人影を見た気がした。

マリアは仰向けに横たわったその体に飛びすがり、はらはらと涙をこぼしてトニー・ウィチェックの頬を濡らした。この街の咆哮を耳に残し、生きたとは言いがたいほどの若さでトニーは死んだ。マリアは亡骸から身を起こしながら、トニーのまぶたを手で閉じてやり、エニボディズがそろそろと近づいてくるのを見ると、来ないでと怒鳴った。

「近寄らないで」マリアはチノにも言った。「いえ、やっぱりこっちへ来て、銃を渡して」

硬く冷たいその金属の握りが、いともたやすく手に馴染むことにマリアは気づいた。

「どうやって撃つの？」チノに訊いた。「この小さな引き金を引くだけでいいの？」

マリアが銃を持ちあげ、銃口を向けると、チノは身をすくめた。「弾丸（たま）はあと何発残ってるの、チノ？　あなたのぶんはある？　それから、あなたのぶんも？」建物を背にして立っているエニボディズにも銃を向けた。「わたしたちみんなが彼を殺したのよ。ベルナルドとリフとわたしがトニーを殺したの。チノじゃなくて！」

マリアはチノに狙いをつけた。「ねえ、あなたを殺していい？　それと、わたしのぶんも弾丸は残る？」

マリアの肩に手が置かれ、耳もとで優しい声がして、振り向くとそこにドクの顔があった。ドクは言った——一緒にトニーのお母さんのところへ行こう、訃報を伝えてあげないといけない、お母さんにはだれか女性の、ことに彼女の息子を愛していた女性の慰めが必要だと。

ニューヨークの十の通りの一万の人々が、いや二万か三万の人々がこの悲劇を知ったとしても、ほかの数万の通りと数百万の人々は知らないままだった。ごく少数の新聞が、この高架下での殺人を記事にしたが、詳細に乏しい不完全な内容だった。

ただ、その事件が起こったとき、この街の人々の大半は眠っていたか、楽しく過ごしていた。一週間のうちでいちばん羽を伸ばせる、土曜の夜だったからだ。愛し合う者、食事をする者、酒色や賭け事にふける者もいた。穏やかに死んだ者もいれば、苦しんで、あるいは暴力で死んだ者もいた。

夜空を見あげ、孤独に苛(さいな)まれながら、星や月に無言で願いをかけた者もいた。だれかがどこかでこの願いを聞いていてくれていますように、このささやかな夢が実現しますように、心から愛せる最高の相手に早くめぐり会えますように、と彼らは祈った。

その願いのいくつかは叶ったが、街にとってはなんのちがいもなかった。街はそこに住むすべての人々の一生を超えて存在しつづけるように造られているからだ。

世のなかのありようとはそういうものだ。そして世のなかが変わらなければ、そのありようもずっと変わりはしない。

解　説

慶應義塾大学教授
大串尚代

一九五七年九月二六日、ブロードウェイのウィンター・ガーデン劇場でミュージカル『ウエスト・サイド・ストーリー』が初上演された翌日、ニューヨーク・タイムズ紙は批評家ブルックス・アトキンソンによる劇評を掲載した。アトキンソンは、ギャングの闘争を扱った本作はいまわしい内容ではあるが、それぞれ独創的な劇作家、作曲家、そして振付家の想像力と技巧が集結した結果、深い感動をもたらす作品になったと評している——ジャングルのような都市の醜悪さとともに、悲哀、優しさ、そしてゆるしが描かれていると。アトキンソンはこの記事を、「主題は美しいものではない。しかし『ウエスト・サイド・ストーリー』が導き出したものは美しい。なぜならこの作品には真実を探求しようとする眼差しがあるからだ」という言葉で締めくくっている。

アトキンソンが言うとおり、この作品が導き出すものが美しいのだとするのならば、それはいったいどのようなことなのだろうか。このことについて考えることは、世に出てからすでに半世紀以上が経つ本作品が、いまも繰り返し上演されつづけている理由を考えることにもなるだろう。

ブロードウェイでのヒットを受け、『ウエスト・サイド・ストーリー』が映画化されたのは一九六一年のことだ。だが本作の原案の成立は、一九四〇年代末頃までさかのぼる。自身もダンサーであり振付家でもあったジェローム・ロビンスが、『ロミオとジュリエット』を現代に置きかえた物語を思いついたのは一九四八年頃だったと、歴史家のジュリア・フォルクスは推察している。舞台をイタリアのヴェローナから現代のニューヨークに移し、対立するモンタギュー家とキャプレット家は、都市に住むユダヤ系とカトリックのイタリア系移民へ変更しようと考えたロビンスは、若手作曲家として注目されはじめていたレナード・バーンスタインと、劇作家アーサー・ローレンツに声をかけた。三人が舞台化についての話し合いを始めたのは、一九四九年の一月のことだった。

この三人には様々な共通点があった。ロビンスとバーンスタインは一九一八年に生まれ、ローレンツは二人より一歳年上の同世代であり、みなユダヤ系アメリカ人であり、セクシュアリティに関しては男性同性愛者であった。また、ロビンスとバーンスタインは移民二世である。先述のフォルクスは、彼らは大恐慌の三〇年代に青春時代を送り、第二次世界大戦を経験した、いわゆる「偉大なる世代」であることを指摘している。この世代の十代は、大恐慌による経済不況の時期と重なる。それは、若者の雇用口が減少したことから、高校の進学率が上がり、ティーンエイジャーという存在が注目され、若者文化の形成が進んだ時期でもあった。一九六一年に本作のノベライゼーションを担当したアーヴィング・シュルマンもまた、彼らより若干年長であるが、一九一三年生まれのユダヤ系アメリカ人作家である。彼らはまさに、「若者」がひとつの集団として認識されるようになった世代に属していた。

この原案はしかし、ロビンス、バーンスタイン、そしてローレンツのそれぞれが多忙になったため、すぐには実現しなかった。三人がふたたびこのプロジェクトを進めようとしたのは、一九五五年のことだった。そのとき思いついたのが、当時毎日のように新聞で報道されていた若いギャングたちの闘争という設定である。当初考えられていた宗教的な差異による軋轢は、人種・エスニシティをめぐる対立へと変更され、ニューヨークという都市の中で繰り広げられるギャングの縄張り争いの果てに起こる悲劇、というアウトラインが出来上がった。こうして生まれた『ウエスト・サイド・ストーリー』は、当時のニューヨークの状況を反映するものであると同時に、時代を超えて見る者の心に訴えかける作品となった。それは、この作品が現代にも通じる人種やエスニシティの問題を描いているだけではなく、（あるいはそれよりも）寄る辺なさを感じている若者という集団に焦点をあて、その閉塞感を中心に描いているからかもしれない。

第二次世界大戦後の若者たちは、時代に翻弄された存在だった。エリック・C・シュナイダーは、ニューヨークにおける若いストリートギャングの出現は、ニューヨークという都市の経済問題と人種問題と深く関わっていることを指摘している。小規模な衣服製造や機械部品製造業などが中心だったニューヨークは、大恐慌で多くの失業者を出したものの、第二次世界大戦下で雇用先が増え、女性や若者にも働き口がある状況になった。先にも述べたとおり、大恐慌の際に若者の高校進学率が上がっていたが、大戦期に雇用口が増加すると、高校を中退して働く若者が増加した。第二次大戦中、ニューヨーク市の高校中退は五五％にも昇ったという。こうした若者の姿を小説の中で描いていたのが、実は本作をノベライズしたシュルマンだった。シュルマンが一九四七年に刊行した、ユダヤ系ストリートギャングを描いた小説『アンボイ・デュークス』は、一六歳の少年主人公が、高校なんかで時間を無駄にしていないで働くことを友人に勧められている。

しかし第二次世界大戦後には、その状況が一変する。ニューヨーク市内での雇用が減少し、若い労働者たちは失業していった。特に雇用から取り残されていたのが、アフリカ系アメリカ人とプエルトリコ人のグループだった。そしてこのふたつのグループが、ストリートギャングの形成とも関わっているのだ。

大戦後、アフリカ系アメリカ人とプエルトリコ人のニューヨークへの流入が増加していた。一九三〇年に四万五千人だったプエルトリコ人の人口は、一九五〇年には二五万人へと増加したことを、先述のシュナイダーは述べている。またこれらのグループは若者の比率が高く、若者たちは自分たちの集団を作り、仲間と群れて行動することが多くなった。当時のニューヨークでは、ハイウェイ建設や都市計画により低所得者層は住む場所を失い、若者たちが集えるような場所も減少していた。こうした状況から生まれたストリートギャングの縄張りをめぐる闘争が、『ウエスト・サイド・ストーリー』の物語に取り入れられていったのである。この頃は「ティーンエイジャー」という単語とともに、「少年犯罪(juvenile delinquency)」という言葉も、新聞や雑誌に頻出するようになっていた。同時代には、マーロン・ブランド主演の『乱暴者』（一九五三年）、ジェームズ・ディーン主演の『理由なき反抗』（一九五五年）、グレン・フォード主演の『暴力教室』（一九五五年）といった少年犯罪を描いた映画が相次いで公開されていたということも思い出されるだろう。

実は、ロビンスたちの原案では、当初は舞台としてイースト・サイドが想定されていた。

プエルトリコ人と白人との対立へと設定を変更するとともに、アッパー・ウエスト・サイドにあるサン・ホワン・ヒル——現在のリンカーン・センター周辺——へ作品の舞台を移したのだ。ここはもともとアフリカ系アメリカ人が居住していた地区だが、一九四〇年代に彼らがハーレム地区へ移り住むにしたがい、そこにプエルトリコ人たちが住むようになったのである。しかしその後、再開発のために立ち退きを迫られることになってしまう。

『ウエスト・サイド・ストーリー』は、こうした特定の時代を背景にしながらも、しかし時代に取り残される作品ではない。それは「社会の周縁に追いやられる若者」という、ある種の普遍性をもったテーマを追求しているからではないだろうか。家庭にも居場所がなく、通りに出れば刑事や警察官に厄介者扱いをされ、大人を信頼せず、仲間と小さな縄張りを死守する若者たち。同時に、劇中のナンバー「サムホエア」で「どこかに自分たちの居場所がある」と歌われるように、ここではないどこかを希求する彼らの姿は、時代を超えて見る者に訴えかける力を持っている。

ロビンス、バーンスタイン、ローレンツらと同世代の作家に、一九一九年生まれのJ・D・サリンジャーがいることは、その意味で偶然ではないだろう。一九五一年にサリンジャーが出版した『ライ麦畑でつかまえて』もまた、社会階層は異なるものの、学校という居場所を失ったティーンエイジャーであるホールデン・コールフィールドが、ニューヨークの街をさまよいながら、誰も自分を知らない場所へ行ってしまおうかと考える。

『ウエスト・サイド・ストーリー』で興味深いのは、居場所を追われるジェッツやシャークスのメンバーたちだけではない。ジェッツのメンバーになりたいと訴えるが拒絶されるエニボディズは、存在さえ認められてこなかったセクシャル・マイノリティを体現しているかのようだ。「誰でも」の意味を名前に持つエニボディズは、女らしさを拒み、男のように振る舞い、普段はジェッツのメンバーに馬鹿にされ、邪険にされる存在だ。それだけに、リフがベルナルドに殺され、逆上したトニーがベルナルドを殺害したあと、チノがトニーを探して殺そうとしているという情報をエニボディズがジェッツに伝える場面は印象的だ。「あたしならちょっと物陰があれば隠れられる」と言うエニボディズに対し、スノーボーイが「そりゃあ、おまえならだれの目にも留まんないよな」と応じる会話は、不可視であるエニボディズの存在を浮き彫りにする。一九六一年版の映画では、リフの右腕だったアイスがエニボディズに「でかしたぞ、ぼうや」と声をかける場面がある。そこで嬉しそうな笑みを浮かべ「ありがと、オヤジさん」と言うエニボディズが、初めて他者に認められるという場面が挿入されていることには、意味があるのだ。

もちろん、『ウエスト・サイド・ストーリー』に批判がないわけではない。特にプエルトリコの人々の表象については、ブロードウェイ上演当初から、表層的であるとか、歴史や文化のコンテクストから外れているという批判がなされてきた。アメリカ大衆文化におけるプエルトリコ人のステレオタイプを広めているもののひとつに、いまもなお『ウエスト・サイド・ストーリー』があることを、プエルトリコ人作家であるカリナ・デル・ヴァイエ・ショースキが指摘している。こうした声を作品にどう取り入れていくかが、今後も注目される。

冒頭に紹介した批評家アトキンソンの言葉にあるとおり、『ウエスト・サイド・ストーリー』の主題は美しくなくとも、この作品が導き出しているものが美しいのだとしたら、それは周縁に住む者たちへ目を向けることなのではないか。スティーヴン・スピルバーグ監督、トニー・クシュナー脚本（このふたりもまたユダヤ系アメリカ人である）の映画『ウエスト・サイド・ストーリー』では、一九六一年版の映画でアニタを演じたリタ・モレノが製作総指揮をつとめ、さらには原作ではトニーが働くドラッグストアの店主ドクにあたるヴァレンティナ役で登場する。時代に合わせて演出を変えながら、変わらない「美しさ」を見せる『ウエスト・サイド・ストーリー』は、これからも人々の心に残る作品であり続けるだろう。

二〇二一年一〇月

本書では作品の性質、時代背景を考慮し、現在では使われていない表現を使用している箇所があります。ご了承ください。

蠅の王〔新訳版〕

Lord of the Flies

ウィリアム・ゴールディング
黒原敏行訳

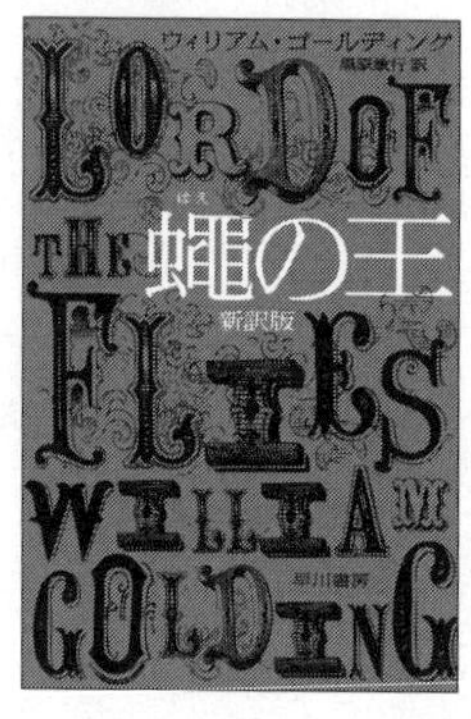

半世紀ぶりの新訳！

疎開児童を乗せた飛行機が無人島に不時着した。生き残った少年たちは、協力しあい、助けを待つことに決める。しかし、彼らのあいだには次第に苛立ちが広がっていく。そして島の暗闇に潜むという〈獣〉に対する恐怖がつのるなか、ついに少年たちは互いに牙をむいた——。ノーベル文学賞作家の代表作が新訳で登場

ハヤカワepi文庫

第三の男

The Third Man

グレアム・グリーン
小津次郎訳

作家のロロ・マーティンズは、友人のハリー・ライムに招かれて、第二次大戦終結直後のウィーンを訪れた。だが、彼が到着した日に、ハリーの葬儀が行なわれていた。交通事故で死亡したというのだ。ハリーは悪辣な闇商人で、警察が追っていたという話も聞かされた。納得のいかないマーティンズは、独自に調査を開始するが……20世紀文学の巨匠が生んだ、名作映画の原作。

ハヤカワepi文庫

時計じかけのオレンジ〔完全版〕

A Clockwork Orange

アントニイ・バージェス
乾信一郎訳

近未来の高度管理社会。15歳のアレックスは、平凡な毎日にうんざりしていた。彼が見つけた唯一の気晴らしは暴力だった。仲間とともに夜の街をさまよい、盗み、破壊、暴行、殺人を繰り返す。だがやがて、国家の手が少年に迫る！　解説／柳下毅一郎

青い眼がほしい

The Bluest Eye

トニ・モリスン
大社淑子訳

誰よりも青い眼にしてください、と黒人の少女ピコーラは祈った。そうしたら、みんなが私を愛してくれるかもしれないから。美や人間の価値は白人の世界にのみ見出され、そこに属さない黒人には存在意義すら認められない。自らの価値に気づかず、無邪気に憧れを抱くだけの少女に悲劇は起きた――白人が定めた価値観を痛烈に問いただす、ノーベル賞作家の鮮烈なデビュー作

ハヤカワepi文庫

わたしを離さないで

Never Let Me Go

ノーベル文学賞受賞
カズオ・イシグロ
土屋政雄訳

優秀な介護人キャシー・Hは「提供者」と呼ばれる人々の世話をしている。育った施設ヘールシャムの親友トミーやルースも「提供者」だった。図画工作に力を入れた授業、毎週の健康診断、教師たちのぎこちない態度――キャシーの回想はヘールシャムの残酷な真実を明かしていく。運命に翻弄される若者たちの一生を感動的に描くブッカー賞作家の新たな傑作。解説／柴田元幸

日の名残り

The Remains of the Day

ノーベル文学賞受賞

カズオ・イシグロ

土屋政雄訳

人生の黄昏どきを迎えた老執事が、旅路で回想する古き良き時代の英国。長年仕えた先代の主人への敬慕、女中頭への淡い想い……忘れられぬ日々を胸に、彼は美しい田園風景の中を旅する。すべては過ぎさり、取り戻せないがゆえに一層せつない輝きを帯びる。執事のあるべき姿を求め続けた男の生き方を通して、英国の真髄を情感豊かに描くブッカー賞受賞作。解説／丸谷才一

ハヤカワepi文庫

浮世の画家〔新版〕

An Artist of the Floating World

ノーベル文学賞受賞
カズオ・イシグロ
飛田茂雄訳

戦時中、日本精神を鼓舞する作風で名をなした画家の小野だが、終戦を迎えたとたん周囲の目は冷たくなった。弟子や義理の息子からはそしりを受け、末娘の縁談は進まない。小野は引退し、屋敷に籠りがちに。自分の画業のせいなのか……。老画家は過去を回想し、自らの信念と新しい世界のはざまに揺れる。ウィットブレッド賞受賞作。著者序文を新たに収録。解説／小野正嗣。

ハヤカワepi文庫

ハヤカワ epi 文庫は、すぐれた文芸の発信源 (epicentre) です。

訳者略歴　1969年生まれ，英米文学翻訳家，関西学院大学文学部卒　訳書『レイラの最後の10分38秒』シャファク，『穴の町』プレスコット，『荒野にて』ヴローティン，『夜が来ると』マクファーレン（以上早川書房刊），『赤毛の文化史』ハーヴィー他多数

ウエスト・サイド・ストーリー
〔新訳版〕

〈epi 101〉

二〇二二年十一月十日　印刷
二〇二二年十一月十五日　発行
（定価はカバーに表示してあります）

著者　アーヴィング・シュルマン
訳者　北田絵里子（きただえりこ）
発行者　早川浩
発行所　株式会社早川書房
郵便番号　一〇一 - 〇〇四六
東京都千代田区神田多町二ノ二
電話　〇三 - 三二五二 - 三一一一
振替　〇〇一六〇 - 三 - 四七七九九
https://www.hayakawa-online.co.jp

乱丁・落丁本は小社制作部宛お送り下さい。
送料小社負担にてお取りかえいたします。

印刷・株式会社亨有堂印刷所　製本・株式会社フォーネット社
Printed and bound in Japan
ISBN978-4-15-120101-1 C0197

本書は活字が大きく読みやすい〈トールサイズ〉です。